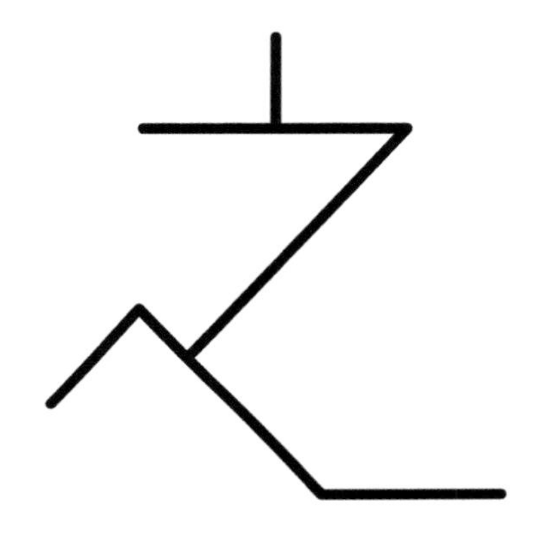

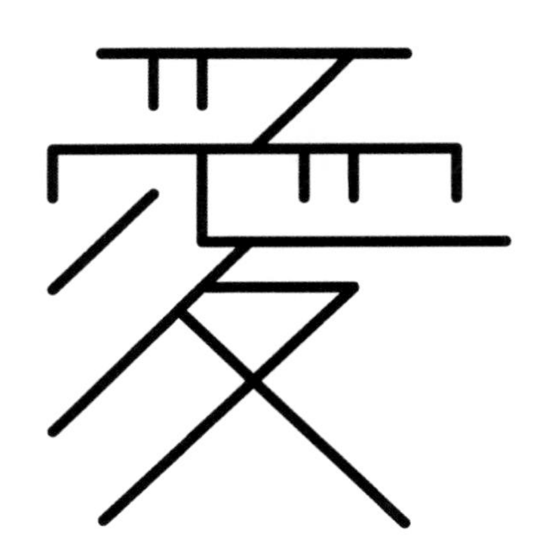

潘尚均
—著—

CONTENTS

目次

第一章 神奇綠豆糕

1

敦運記得上次小安帶他來的時候，這裡還沒拆。

紅磚道旁是移除大半的紅磚牆，路上行人來來往往，燥熱的空氣沒有移動，敦運走到對面騎樓，尋找陰影的庇護。他心裡仍舊緊張，因為今天跟小安約好，要跟她談談感情的事。

小安讀的是多媒體系，常常因為製作動畫而遲到，敦運總會在附近走走，開發一些新的約會勝地。儘管今天，可能是他們最後一次約會。

大學畢業典禮在一個月後，敦運開始懷念起四年的大學生活。

人們總在事情即將結束時回顧當初。就像現在，敦運面對小安可能提出的分手，他才想試著珍惜。

敦運瞇起雙眼，感嘆如此晴朗的天氣，真的很適合情侶一起散步，互相貼近，互相幫對方擦擦汗。他走去對面的飲料店，看著菜單上五花八門的品項，不禁思考，以往都和小安喝同一杯飲料，不知道她現在會不會討厭自己的口水。

「謝謝。」敦運接過店員給的微糖綠茶，轉頭就看到小安。

「你怎麼不回我？」小安脖子通紅，被陽光刺得滿身大汗。

「抱歉，還是妳要喝我的？」敦運沒注意到小安的訊息，他都在想以前的事。

小安搖頭：「我要喝奶茶。」

敦運走到旁邊，小安向店員點了新的一杯。怕擋到其他客人的敦運站得特別遠，順便欣賞小安散發的獨特氣質。小安有一種什麼也不怕的勇敢，敦運也說不上來，但這是他喜歡小安的其中一個原因。

小安輕輕插下吸管，喝了一大口奶茶，雙頰因此鼓起。

「那家沒開了，我們……」敦運有點緊張，他撇過頭，看著本來開在對面的肉圓店。幾位工人坐在沒有門的空間裡，木材和機械已經準備就緒，看起來要替屋子做很大的修整。

「我要先去挑綠豆糕。」小安用手背擦掉額頭上的汗水，說：「學長過幾天要回彰化，我打算買來送給他。」

步行數分鐘，敦運找了間有點人潮的店，走了進去。店裡各式糕點擺放陳列，精緻的包裝蓋子打開，展示著令人食指大動的綠豆糕。

小安不常買禮物，所以那位學長……應該是個特別的人吧。

「妳說的學長，是妳的男朋友嗎？」敦運也不知道自己為什麼會這樣問，趕緊喝了口飲料，堵住自己的嘴。

小安沒有回話，只是繼續挑選綠豆糕。

「你剛剛說什麼？」

「沒事。」敦運搔搔頭。老闆娘問他要不要試吃，敦運拿了一小塊，蠻好吃的，不會太甜，雖然更甜的他也能接受。敦運拍拍小安的手臂，推薦老闆娘給他試的這一款。

小安選了別款，推開門後，發現對面有間店好熟悉。兩人認出那位仍然忙碌的肉圓店老闆。拆掉的招牌原來是搬家了。

電線桿上的小綠人推動人群的腳步，敦運和小安來到裝潢差異不大，只是地址改變的肉圓店，找了位子坐下。老闆甚至認出他們，還招待一份燙青菜。

「味道還是很棒。」敦運咬了口肉圓。

「對啊。」小安突然拿面紙幫敦運擦汗，然後偷喝他的飲料。

「妳……」

「什麼？」小安咀嚼著，肉圓還在嘴裡。

敦運笑了笑，沒再說話，也拿一張面紙，輕輕點了點小安紅通通的臉頰，今天好熱，還好這家店跟以前一樣有開冷氣。

敦運邊吃邊覺得，小安跟剛才試吃的綠豆糕一樣。甜甜的，但不會太超過。

雖然超過也無妨。

2

敦運跟小安分手了。

雖然說順其自然，而且吃肉圓的時候，她幫自己擦汗，還對自己微笑。但敦運還是很悶，小安選了那個學長。可惡，我也是學長啊。

學長是同校的研究生，碩一，敦運不懂他到底在研究什麼，只是他一定研究了小安的身體。

也許是敦運愛吃醋，但不公平的事總是讓人惱怒。記得交往第二個月，敦運成功讓小安來租屋處找他，兩人一起用敦運的破筆電看影集，演到熱烈的橋段時，敦運向前親吻小安，她卻說現在不是時候。

「所以要等多久？」敦運用手溫柔撫摸她的胸部，她伸手推開。

「反正不是現在。」小安聳肩。

儘管後來有過幾次不錯的性愛，甚至在分手前幾天也上了床。不過那次結束，小安很快就離開敦運的租屋處，當時敦運就猜到會和小安分手。

對照當初的青澀，真不公平，學長遇到的是現在已經成熟的小安。

不過說實在的，沒有小安的生活，其實沒太大改變。大四沒什麼課，敦運被老爸找回台北幫忙家裡的石頭火鍋店，所以敦運偶爾才會去彰化找小安，兩人一個月只見幾次面。

店裡推出外送套餐已經兩年，老爸堅信，要是有人叫了外送，因此喜歡上自家的石頭火鍋，就會找時間來現場，享受鍋裡鍋外的熱鬧氣氛。但敦運覺得不會，幾個系上同學的經驗告訴他，只要在外送平台找到好吃的餐點，就只會一直叫外送，不會想離開舒適的家，特別跑去那間店光顧。

畢竟有些店就是因為太遠，他們才不去的；就是因為外送員可以把美味餐點送上餐桌，他們才會越來越懶。

高中時，敦運真的很勤勞，除了讀書考學測，晚上還常常幫忙家裡的火鍋生意。結果上了大學，開始不用端火鍋，他就逐漸變懶惰，因為沒有工作的日子確實蠻輕鬆。

最近火鍋店生意變好，洶湧的人潮甚至讓敦運和老爸想貼出休假公告，這讓敦運似乎找回了以前辛勤工作的習慣。附近的餐廳都在漲價的同時，只有這裡維持經濟又實惠的價格，難怪熟客持續光臨，新客人也多了起來。

「發什麼呆，快點送餐。」老爸用手肘推了推敦運，他雙手端著托盤，上面油花完美分配的牛肉豬肉，煮起來肯定鮮嫩爽口。

敦運把裝好麻辣湯頭的熱鍋抬起，踩著熟悉的步伐從廚房來到用餐區，嘩啦，當熟悉的日常遇上陌生的情景，就會發生這樣的狀況。

「誰把紙箱放在這的啦？」敦運起身，拍拍溼掉的牛仔褲，麻辣湯和調料灑了一地，紙箱卻很幸運地沒被弄髒。

這紙箱未曾出現於此，現在卻擋在敦運送餐的完美路線上。

敦運從國小就開始幫忙，這些年來，他慢慢習慣跨出廚房的腳步，也知道各桌之間的最佳路徑。

當然，他也會用銳利的眼神注意走動的客人，藉此調整送餐順序，然而，今天的失誤是因為那陌生的、不爽的感覺。

敦運雖然是個好好先生，但是也會生氣，不過今天不知道是怎麼回事，他就像個無力的活屍。應該說，從小安正式和敦運分手後，他就像半個死人，只是假裝自己還活著。

要不然，他應該會注意到這個怪異紙箱，並且閃開的。

老爸送完餐回來，叫敦運小聲點繼續工作，趕快處理這會被負評的糟糕用餐環境。

敦運去廚房拿了紫色拖把和藍色水桶，一邊清理地上的麻辣湯時，一邊看著害自己跌倒的紙箱，它怪異的不是外型，因為它只是個沒任何圖案的長方形紙箱。

怪異的是它給敦運的感覺。

紙箱用膠帶簡單封著，卻鎖不住裡頭散發出來的神奇感受。

那是敦運第一次親吻小安，品嚐到的幸福。

3

「你不要騙喔。」敦運將碗盤放入大水盆，把菜瓜布泡進加了洗碗精的水裡。

「他自己說的，我怎麼知道。」站在冰箱前整理食材的老爸聳肩：「他說自己不能算是地球人，那不就是外星人。」

「可是科學家都沒找到人，不管火星還是月球上，拍的照片都證明了外星人幾乎不存在。雖然網路上有一大堆影片，拿著根本不能當作證據的證據，大聲說外星人真的存在。」

敦運不知道老爸是怎樣，可是從他口中談論外星人，就是不太適合。雖說老爸信佛還是道教，也有人說過那些神仙其實就是外星人，但敦運還是覺得老爸只適合煮火鍋。

「外星人可能住比較遠啊。」老爸關上冰箱：「或是科學家想欺騙大眾，所以對外宣稱目前沒有找到外星人。」

「科學家幹嘛騙人？」敦運用菜瓜布在碗盤上快速刷洗。

「那我幹嘛騙你？」老爸攤手，拋了一條抹布給敦運：「你整理完廚房，打開那個紙箱就知道了。」

「說得也對。」敦運把抹布放在旁邊桌上，繼續洗碗。

泡沫在手中滑開，敦運將所有碗盤洗淨，收到紅色籃子裡，然後用抹布將檯面擦拭一遍，再掛到旁邊的鐵鉤上。

老爸把外頭的椅子都抬起、倒放至桌面，正在拖地的他一邊大聲唱著歌。

「我開囉。」敦運走到紙箱面前，盯著它看。

「好啊。」

敦運點頭，蹲下，伸手碰觸那怪異紙箱，卻發現紙箱平滑得令人感到療癒，他來回摸了幾遍，幾乎要閉上雙眼享受。

「快點，我也想知道那個人是不是騙子。」老爸將拖把「唰」一聲放入水桶。

美工刀有點老舊，敦運輕輕推出兩格刀片，發出喀啦聲響，然後將刀片靠在封住紙箱的膠帶上，慢慢開啟老爸所說、神祕外星人給他的東西。

幾盒綠豆糕，和一個單塊裝的試吃品。

精緻的深綠盒子上，放了張粉色小卡片，卡片有幾行手寫字，字跡輕盈漂亮，寫道：

「請試吃，如果好吃的話請聯絡我。」

拿出綠豆糕盒子時，敦運看見紙箱角落放了張名片。名片質感很棒，摸起來滑順，上面寫著「店長陳爍風」，和「火球糕點」的四字LOGO，還有一串手機號碼。

敦運隨手將名片放下，拿起單包裝的試吃綠豆糕，研究起它的外觀。火球糕點。敦運沒聽過這個品牌，但是設計過的青綠色字體他很喜歡，四個字的最後還畫了朵小小的青綠色火球。敦運拿手機查了品牌名稱，卻沒找到任何資訊。也許這間品牌尚未營運，在正式開賣前打算進行各地的產品試吃。

一般的產品試吃，敦運通常不會想太多，而是直接試試看，但有個說自己是外星人的傢伙請你試吃東西，就會開始猶豫該不該接受對方的好意。

又或者，對方本來就不懷好意。

敦運不明白老爸怎麼會接受這一大箱綠豆糕，還是老爸被洗腦了？如果現在的老爸是外星人假扮的呢？

「你要等多久啦，不想吃就換我囉。」老爸搖晃手中的拖把。

「爸，你再說一次，那個外星人是怎麼說的。」敦運將手指捏在綠豆糕包裝上的「由此撕開」處。

「我在社區樓下的麵店外，遇到那個光頭男。」老爸搔頭，覺得敦運問題真多：「他手裡拿著這箱，問我有沒有興趣試吃，還說起自己不是地球人。我當然也覺得怪，但他說必須交給好人來品嚐，他看我五官端正，很相信我，所以才問我。而且試吃不用錢，還給了兩千塊——」

「還給錢？」

「算是試吃員吧，他有提到希望可以給予意見回饋。」老爸說完，卻沒想打開試吃。

「是有多厲害？」敦運咬了口綠豆糕，掌心接住掉落的碎屑，卻接不住從臉頰滑落的淚水。

4

敦運感到有點頭暈。

周遭空氣頓時變得甜美，輕輕呼吸都覺得太膩，卻又讓人愛不釋手，感覺整個人融入大自然，全宇宙都在和他共振。一下子，試吃綠豆糕就被敦運吞掉。

他用舌頭在唇齒間搜尋殘留的綠豆美味，黏在牙縫的也不能放過。

「你哭啦？」老爸皺眉，不敢相信，伸手就直接開了一盒，嘗試一塊。

敦運覺得自己只是有些多愁善感。老爸點頭稱讚綠豆糕的口感和適中的甜度，但認為沒有好吃到需要落淚的程度。

老爸轉身繼續拖地，敦運則是先下班，畢竟他在家裡的石頭火鍋工作，整天的時數比其他員工高得多，偶爾也可以選擇提前離開，老爸不會介意。

敦運騎著車，腳下放著裝有綠豆糕的紙箱，打算把綠豆糕載回家，免得被火鍋店的人偷走。夏日的夜晚不算炎熱，他心想，這綠豆糕一定要介紹給同學吃吃看。

幾個停紅綠燈的空檔，小安的身影會忽然浮現腦海。敦運一直想到她，想到和她度過的每個時光，不管是熱鬧的學校活動，還是平淡的假日生活。

也許敦運一直都在想她。

「少年仔，你在偷笑喔。」一個阿嬤停在敦運旁邊，腳下是一些雜貨。

敦運轉頭，把安全帽的護目鏡上提，說：「沒有吧。」

「你看我太美對不對。」阿嬤對敦運眨眼睛，敦運說不出半句話，只是將護目鏡蓋好，抬頭看向尚未轉綠的紅燈。

接下來幾十秒，阿嬤一直自誇，然後說敦運戴著這麼大頂安全帽，一定是想要偷偷看她的美貌。還說安全帽裡面肯定藏著一台相機，隨時準備要偷拍。

終於，綠燈了，敦運搖晃腦袋，急著往前，卻發現阿嬤在追著他。阿嬤騎得比敦運還快，只為了把他擋下。

敦運闖了好幾個紅燈，第一次覺得騎快車真的很危險，穿過兩條馬路，接著遇到較窄的路段，敦運把龍頭一扭，將機車停下，胸口的怒氣再也壓抑不住。

敦運用力大吼，結果看到像是音波的震動曲線從自己口中發出，衝向正要停在旁邊的阿嬤。

波動把阿嬤的衣服都掀了起來，幸好沒把衣服震碎，她整個人像是被連根拔起，本來屁股還黏在坐墊，下一秒就來到房屋的外牆，身體啪地撞上，巨大聲響趕跑了牆邊熟睡的流浪狗。

敦運沒有向前關心阿嬤，只是趕緊扶好綠豆糕，騎車離開。

印象中，自己應該沒有超能力，但剛才的音波攻擊，絕對不是每個人都有。敦運很快就察覺獅吼功從何而來，因為他現在滿嘴都是綠豆糕的味道。

躺在房間床上，敦運沒開燈，一直在想剛剛發生的事，吃了綠豆糕能喊出音波，感覺有點不搭，不過，或許會有其它實用效果也說不定，這樣綠豆糕就成了好吃又好用的絕佳食品。

敦運從柔軟的床彈起，把燈打開，蹲到綠豆糕旁邊，把它一盒一盒拿出來，仔細翻找有沒有其它被遺漏的資訊。

但就是綠豆糕，沒有任何感覺是外星人留下的足跡。

倒是連商品ＤＭ都沒有，看來火球糕點這家店，真的才剛開始營業，或是根本還沒運作。

浴室的水很熱，敦運拿蓮蓬頭沖去身上的疲憊，剛才追他的阿嬤還讓他心有餘悸。霧氣充滿整個淋浴間，敦運把水調溫，壓了點沐浴乳在手上，搓洗身體時，他回憶起上禮拜陪小安去挑選綠豆糕。真想推薦她火球糕點的這款，儘管她想送的人是學長。

刷牙前再吃了塊綠豆糕以後，敦運感到活力充沛，對於挽回小安是信心滿滿。他跟老爸請假到畢業典禮那天，想先回去彰化，在畢業前放手一搏。

睡前跟系上好友宗弦聊了最近遇到的上班趣事，敦運想到可以送一盒綠豆糕給宗弦。絕對不是因為害怕外星人送的食物有毒，所以想拖人一起下水。是純粹分享給好朋友，畢竟那真的很好吃。

5

宗弦住在新竹。

敦運到隔壁和媽借汽車，她兩年前和老爸分居。媽提分居時，本來只說要冷靜一個月，結果她從台北跑回彰化老家，一住就是半年，等到她回台北，敦運老爸已經交了個小女友。

不過敦運媽也沒怎樣，只是把隔壁的房子買下來，獨自搬了進去，她對投資理財很有一套，口袋深不可測。她曾跟敦運講過，外公和外婆重男輕女，所以自己小時候總是被冷落。

外公只給舅舅零用錢，而外婆特地煮大餐也都是為了舅舅，還好她並不在乎。後來外公外婆對媽比較好，是因為她有一份好工作，而且還生了他們的寶貝孫子敦運。

敦運媽從小就相當獨立，半工半讀還維持好成績，她也知道金錢很重要，因此投資股票做很多研究，賺了不少。

讀理工科系的她，大學畢業前往新竹的科學園區，在科技公司上班，幾年後當上經理。同時，她停止股票投資，看上幾棟房產的她，買了人生第一棟房子。當時她才三十歲，雖然有房貸壓力，但是她工作勤勞，且不用把賺的錢給爸媽，讓她相對輕鬆許多。反正他們一開始也不相信，自己的女兒是個會賺錢的女人。

三房兩廳的新家，交屋後敦運媽搬了進去，自己住主臥室，另外兩間房租給大學生，兩位房客是一起來的，她們同系，有時還會幫敦運媽帶暖心晚餐回來，因為知道敦運媽偶爾會在公司加班，都沒時間吃飯。

敦運媽常和房客們聊天，也會聊聊感情話題。她當時沒有男友，公司有同事追求，但感覺對方只是為了和女人上床，不是真心要談戀愛。

倒是兩位房客常常帶男友回家，敦運媽也沒有限制。三十幾歲的她不算老，但年輕的大學生還真是有活力。偶爾聽到大學二年級的房客與男友的激烈互動，難免會不好意思，所以她通常會從客廳走回房間，戴上耳機翻雜誌。

敦運媽很快就把貸款還完，大概覺得累了，有天早晨，她突然決定要離開待了十年的公司。房客們很羨慕，她叮嚀即將畢業的房客，出社會工作通常很辛苦，身體一定要顧，因為擁有健康才能和男友擦出更多愛的火花。

沒有工作的日子，敦運媽去了許多地方旅遊，房客兼室友偶爾會同行。

後來有位室友要去台北考研究所，三人就順便計劃了幾天的旅遊。第一天晚上，她們肚子餓得咕嚕叫，經過一家裝潢華麗的火鍋店就走了進去。當時一位年輕的服務生對敦運媽一見鍾情，送餐時還不斷跟她聊天。

服務生就是敦運的老爸，看似靦腆，其實是個風流男子。敦運老爸對敦運媽展開追求，說要為了她定下來。

後來兩人交往，沒多久敦運媽就搬到台北。那家火鍋店是敦運的爺爺開的，當時爺爺生病，決定提早把火鍋店交給敦運老爸經營，敦運媽則成了得力助手，讓火鍋店的生意越來越好。雖然兩人大多時間都在工作，不常出去約會，但是同居的他們，每天晚上當然一起睡覺。

民國九十年，敦運出生了。

「不要把車刮壞喔。」媽把鑰匙放在敦運手上時，捏了他手臂一下。

「我車神。」敦運走向電梯，看看媽，再看了看隔壁的家，雖然是早晨，但電梯前的這條走廊上沒窗戶，頭頂只有幾個昏黃老舊的燈，頓時顯得有點落寞。敦運也看得出媽想搬回去跟老爸住。

敦運偶爾會到媽家裡作客，又是三房的屋子，媽同樣分租給兩位年輕的大學女生，所以她其實也沒那麼孤單。她常懷念起三十歲在科學園區上班、住新竹的時光。她說，那時有股動力推她向前。

敦運其實沒去過新竹，只能透過媽告訴自己的那些陳年往事來想像。不過她也離開二十多年了，新竹改變很多，這些年幾次回去，都和從前好不一樣。

媽買的第一棟房子還留著，而且持續出租，前幾天房客提前退租，媽說敦運想要的話可以住個幾天，敦運本來打算找完宗弦就直接開往彰化，但還是跟媽拿了房子的鑰匙。

高速公路車不多，敦運開著銀色的掀背轎車，很快就來到新竹，地址在市區的百貨公司附近，下交流道後，再開半小時左右，導航就顯示即將抵達。

宗弦說他家沒多的汽車停車位，不過把一處橋下停車場告訴敦運。敦運停好車以後，就前往宗弦的家。

宗弦是敦運大一時期的室友，常常借作業給他抄。升上大二，敦運打算搬出學校宿舍，本來說好要一起找房子，但宗弦抽到宿舍名額可以續住。後來宗弦每抽必中，就這麼住到了大四。而且未曾候補，每次都是首次確認中籤。

擁有超佳命中率的宗弦，卻沒辦法把好運分給敦運，去年暑假他們一起去鹿港老街，有個地方在辦活動，打卡按讚，在粉絲專頁留言就有機會抽獎，結果宗弦抽到敦運最想要的遊戲機。也許這根本不是運氣，而是宗弦就是有那個命。

「歡迎你啊，來吃西瓜。」宗弦媽燙了顆紅色捲髮，平時似乎有在保養，肌膚緊緻，看起來才三十歲。

「宗弦媽媽，這家真的很好吃耶。」敦運把綠豆糕拿出來，深綠色的盒子在夏日陽光的照射下顯得很美。

「宗弦，你同學也太好了，還特地送過來給我們。」宗弦媽用叉子刺了塊西瓜，微笑。敦運把綠豆糕輕放在沙發前的褐色茶几上，不過宗弦媽和宗弦都沒急著吃，接著宗弦媽回去主臥室做自己的事，宗弦則待在客廳跟敦運聊天。

兩人一陣子沒見了，各自剩下一門課，兩位老師都不太點名，準時交作業就能拿到學分，所以不一定要經常在教室出現。不過宗弦常回彰化，他大二時是熱舞社社長，現在還會去熱舞社關心學弟妹或參與練習。

兩人聊了些未來的工作，或是近期有趣或重大的新聞。敦運早上起得有點晚，現在已經下午四點，不常開車的敦運突然有點累了，便打了個長長的呵欠。

宗弦說可以讓敦運借住他家，但敦運打算睡在媽那棟剛空下來的房子。

敦運和宗弦還有宗弦媽道別，在附近的百貨公司逛了逛，享用昂貴的美食街料理。

不知道宗弦和他媽媽吃綠豆糕了沒，也許會有新的超能力，又或者什麼事也沒發生。

6

把車子停好，敦運搭電梯上樓，打開媽借給他住的房子。

通常房客退租後，都會把東西帶走，但很多人似乎都會留下一樣東西。那就是味道。敦運趕緊打開窗，讓熱風飄入，不知道這樣是否會有效果，所以敦運加開了冷氣。

這味道不是香水或芳香劑，敦運把鞋子放在玄關後，一間一間房去看，在見到主臥室後，敦運下了定論，這屋裡大概是霉味。

敦運傳了訊息問媽，媽說她退租時沒注意，可能是因為鼻塞。床角的黃漬不確定是哪一任房客留下的，但敦運也不在乎，他躺在床上，任由身體慢慢放鬆。放空的腦袋隨著冷氣的運轉聲響，又開始動了起來，敦運把火球糕點店長的名片拿出來。

陳爍風。外星人竟然有個普通名字。

敦運拿出手機搜尋，在社群網站上的外星人研究社團，看到了幾篇文章，雖然不是各種陰謀論，就是天馬行空的猜測，但他在發射出音波以後，從認為世界上沒有外星人，變成可能已經有外星生命，悄悄來到地球了。

一篇由鍾克堅發的文章寫著：外星文明第四次討論，明天中午十二點，在台中。

台中離彰化不遠，而且詳細地點是某間新開的火鍋吃到飽，聽說超級難訂，又相當好評，敦運便留言「加1」，想聽聽他們怎麼看待外星人，順便享用美食。

敦運突然想到還沒洗澡，雖然今天大多開車，沒走什麼路，但衣服還是有微微的汗味。可是這間屋子空蕩蕩的，除了床、電視、冰箱，還有媽留給下個房客的一些家具外，這裡什麼都沒有。

早知道就找個汽旅住了。

床上的敦運維持大字型的姿勢良久，他瞪著白色天花板的一處汙點，懶得去賣場買沐浴乳洗髮精，甚至還得加買一個吹風機。

儘管這樣，明天就只能沒洗澡去參加聚會。反正不是什麼重要場合，敦運也沒太在意，閉上眼睛就睡了。

7

早上起床，敦運又發現沒辦法刷牙，他只好多漱了幾次口，隨後把冷氣機關上、窗戶鎖好後離開。其實這裡不差，但敦運沒有睡好，因為借住人家家裡，重要的是生活用品不能少，就算你隨意找空屋入住，仍需要那些不可或缺的日用品。

來到火鍋餐廳，敦運認出貼文者克堅，他的頭貼跟現在造型幾乎一樣，油頭、顴骨明顯，看起來正氣凜然。

「歡迎，你就是張敦運吧。」克堅語氣親切，深邃的眼睛彷彿看入敦運的內心。

幾位參與者已經入座，敦運反而是最後一個到的，來到六人桌後，克堅再度開口：「既然大家都到了，那就開始選湯底、點肉和菜吧。」

沒有特別自我介紹，大家都專注在討論各個外星文明的事情上，倒是敦運幾乎都在專心地與雪花牛為伍，並沒有參與對話。同桌的其他五人，其實都沒什麼特別，看起來就像一般民眾。敦運不禁在想，或許這裡有人是外星人假扮的，來刺探敵情也說不定。

儘管話題相當熱烈，敦運並沒有提起綠豆糕的事，他不確定自己是否被店長陳爍風盯上，他打算之後打電話過去，詢問綠豆糕價格之外，順便提起想去店裡參觀。

「這豚骨湯頭好棒。」其中一位肥滿女士瞇起眼睛。

「我比較喜歡起司牛奶。」瘦瘦高高的男子喝了口湯：「聽說火星人也喜歡喝牛奶。」

六人開兩個鴛鴦鍋，另外兩種口味分別是常見的麻辣和昆布，敦運今日偏好昆布的清爽，大概是因為家裡的石頭火鍋讓他有點吃膩了重口味。

「剛剛聊到木星上有狼，然後呢？」克堅從頭到尾，都很仔細聆聽，可以觀察到他對於外星人話題的濃厚興趣。

「他們成群結隊來到地球了。」

「而且他們一定是變化成我們的樣貌，讓我們無從分辨。」眼鏡男人夾起一塊魚餃。

敦運在旁邊聆聽，不知不覺用餐時間也到了尾聲，有人提議吃飽後前往咖啡廳繼續聊，不然時間根本不夠。吃著冰淇淋的敦運，舉手告知自己還有事，就不跟去了。

歡樂時光結束，敦運走去停車場，要直接開車去彰化的租屋處。

上午的時候，敦運追回小安的信心還在，現在卻突然變得悲觀。他和小安是在彰化分手的，感覺整座城市現在都成了自己的傷心地。

開車時眼淚模糊路面似乎不是好事，敦運揉揉眼睛，記憶卻通通跑了出來。

兩年前，敦運大二，當時身為餐旅系的系學會幹部，敦運協助了一場熱舞社為招募社員辦的美食活動，因此看見一個美麗的學妹，也就是他現在不斷想念的小安。

敦運對小安一見鍾情。

那時小安還是青澀的大學新鮮人，但害羞的敦運看起來更像一年級的學生。小安經過甜點區，敦運直盯著新鮮可口的草莓，不敢正眼看動人的小安。

身為熱舞社社長的宗弦，也是系學會的活動幹部，跟餐旅系合作的點子就是他想的。敦運非常感謝宗弦這位好朋友，要不是有這活動，在學校根本沒機會認識小安。

雖然展開追求這件事，敦運似乎不太擅長。

後來，小安決定加入熱舞社，敦運大為振奮，每次社團課，他都會幫忙送吃的給宗弦，宗弦也看出敦運的心意，便鼓勵他行動。

一個月後，敦運在社群網站加了小安好友，然後找了幾個生硬的話題，例如最近熱舞社有沒有表演、上回美食活動最喜歡哪道菜，萬事起頭難，幸好小安很親切，願意跟敦運聊上幾句。

「王姵安，妳看這個學長是不是喜歡妳？」

小安的室友注意到敦運經常找她說話，雖然僅限網路，但仍舊能看出敦運的意圖。敦運確實想追求小安，但他深怕失敗，所以兩個月來都停留在聊天階段。但是，敦運仍感到無比幸福，彷彿接下來的大學生活，只跟小安在網路對話就已足夠。

有人說聊天是不會有結果的，一定要約出去。

不過敦運靠著線上聊天，也更加認識小安，想必小安也已經更加認識自己。至少他們在學校相遇會打招呼。

雖然聊天越頻繁，敦運就越覺得自己無法追到小安。

誰知道宇宙竟然安排了意想不到的發展，敦運只敢偷想過一次。

小安開始倒追敦運，約他看電影、去鹿港老街逛逛，還有各種曖昧階段會一起去的地方。敦運都會說好。

兩人在一起後，日子也沒什麼特別，敦運偶爾會去想到未來，自己八成會接下家裡的石頭火鍋店，希望小安會是老闆娘。

雖然與小安交往很快樂，但也很憂心。敦運早有預感，最後會與小安分手，因為這樣的交往方式讓他始終沒有安全感。

是敦運想太多，認為非由自己追到小安，才能證明小安是被他打動而愛上他。可敦運又不敢追。

他只敢偷偷在開著冷氣的車子裡，品味淚水蘊藏的悲傷。

8

在租屋處的床上躺著，無事可做，敦運根本沒想過該怎麼重新與小安接觸。

他拿出收好的名片，打電話給火球糕點的店長。

嘟嚕嚕，嘟嚕嚕。

嘟。緊張的氣氛在接通後來到最高，不過對方的聲音很正常，而且聽起來還挺有親和力。

「你好，我是火球糕點的店長陳爍風。」

「啊，您好。」敦運說：「在台北的時候，我爸拿了一箱綠豆糕，試吃後覺得很好吃，不知道你的店在哪，想過去看看。」

「歡迎，店在高雄，地址是——」

「我拿個紙筆。」敦運轉頭，從背包找出已經不常用的筆袋，再拿起書桌上的便條紙。他打算明天早上前往火球糕點。

一天沒洗澡的敦運把衣服脫光後，穿著一條內褲走進廁所的淋浴間，他注意到沐浴乳跟洗髮精都快見底，希望能撐到畢業典禮結束。

冷水變熱以後，敦運拿著蓮蓬頭朝臉沖，像在進行輕微的臉部按摩，接著將淺黃色沐浴乳擠在掌心，往身上抹去。

上課、洗澡、睡覺，偶爾在這些例行公事之間，加點娛樂，大概可以概括在學校的生活。比起近期在家裡的石頭火鍋幫忙，敦運還是喜歡清閒的日子，還有小安陪伴的時光。

隔天一早，敦運直接開車前往高雄，到火球糕點的車程兩個多小時，但他沒有感到疲累，他急著想親眼見識外星人。

火球糕點的招牌，跟盒子上的青綠色字體相同，且最後都擺著青綠色的火球。網路上查不到店址，但整間店看來已經準備充足，從玻璃牆看進去，裡面的各式糕點按照大小排列，簡單、用色大膽的裝潢，讓人想馬上進去逛逛。

裡面的男子是頂著光頭的店長爍風，他向門口的敦運微笑，把紅色手把的剪刀放在門口的白櫃子上，另一手朝著店內張開，示意敦運可以坐在試吃區的高腳椅。

「我想你應該有很多問題。」爍風笑道：「看你懵懂的臉，應該是吃出效果了吧？」

「這綠豆糕也太神奇了。」敦運想像中的光頭店長，是四十歲中年那種，但爍風看起來不到三十歲。

「你吃下綠豆糕所發出的音波，可以影響一個人的感情，藉此讓王姵安重新愛上你。」爍風說完，敦運只剩呆滯的表情。

「你想怎樣？」敦運對爍風產生敵意，任何陌生人提到小安，他都會有這種反應。

「我只是想做個實驗。」爍風澄清：「這些特別的綠豆糕，必須由特定基因的人類吃下，才能擁有強悍的力量。」

「所以是我爸有特定基因？」

「不，應該是你母親才有。而我是在上個禮拜到處觀察的時候，發現剛分手、情緒不穩定的你。」爍風微笑：「我感應到你內心的善良，所以想實驗看看，你得到力量的話會有什麼行動。」

「善良還能感應？」

「那有點像人們常說的第六感，可以透過訓練增強。」爍風用手指敲了敲光亮的腦袋：「現在我告訴你了，音波的真正效用，你會去王姵安的學長家，直接把前女友搶回來嗎？王姵安開門以後，你發出富有魔力的聲音，進入她腦裡的音波，就能改變她。」

「你不怕我濫用能力？」敦運懷疑爍風是個騙子，因為對方看起來就像個普通人類。但是吃完綠豆糕的自己，真的發出了奇異的音波。

「那場面就像一見鍾情，確實很好看。」爍風的話語彷彿有股魔力，讓敦運慢慢變得放鬆：「重要的是，你會不會這麼做？控制權在你手上。」

明亮的室內，爍風應該不敢做什麼事。雖然敦運總覺得，對方會忽然拿起旁邊的紅色剪刀攻擊他，或是突然噴射昏迷氣體，然後將睡著的自己綁架到太空船進行實驗。有這些想法，大概是因為各個影視作品造成了大家對外星人的刻板印象——他們想要征服地球。

「我只知道自己還愛著她。」敦運心想，得到可以找回愛情的能力，任誰都會做出一樣的事。

9

經典款綠豆糕，其實可以引出三種能力。

分別是魔力聲音、超強眼力，還有巨大力量。

敦運得到的是魔力聲音，可以用音波改變人心，也能以衝擊波來發動攻擊與保護自己。神祕的爍風讓敦運開始相信，音波真能讓小安回心轉意。爍風給了敦運新的一塊綠豆糕，坐敦運的車來到彰化。

爍風甚至有學長家的地址，就好像魔鬼把一切的誘惑都準備好，就看你會不會掉入陷阱。但敦運不認為這是圈套，更何況愛情的驅動力讓他沒想太多。

敦運在上樓前撕開包裝，將綠豆糕吃下，一樣美味，一樣令人驚豔。他抱著無比的自信走到門前，手卻懸在半空，尚未按下電鈴，因為空氣安靜得很，屋內聲音卻越來越大。興奮的叫聲幾乎要刺破敦運的耳膜，害他差點嘔吐。裡面的狗男女正在做愛，敦運沒有用如此難聽的字眼罵過小安，但激動的他不禁這麼想。

綠豆糕的碎屑和香氣殘留在敦運的嘴裡，他無話可說。

爍風站在敦運的後方，不發一語。

這樣最好，敦運現在不希望有任何人打擾他，就算是給予安慰。

火球糕點的綠豆糕，吃了之後會覺得空氣充滿甜甜的氛圍，彷彿整個宇宙在與你共振，而且還可能會得到發射音波的能力。

可現在那種神奇的綠豆糕，一點用處也沒有。

爍風帶著淺淺的笑容，他的實驗才剛開始。

而且外星人還有另一個遠大目標。

同化計畫。

只要長期食用店裡的經典款綠豆糕，人類將會慢慢轉化成外星人，地球將徹底住滿與爍風同種族的人類。

另外，特定基因則是觸發能力的必要條件，如無此類基因，吃再多綠豆糕，都只會變成無特殊能力的外星人。

每個社會都有這樣的人，一無是處。

爍風以前還是地球人的時候，他也覺得自己是這樣。

第二章 在大佛上講八卦

1

敦運跟爍風道別時，爍風向敦運提起彰化大佛，說可以去看看。

這麼說來，敦運好像只有在大一的時候，和幾個系上同學，包含宗弦去過一次。

「我以為外星人對宗教沒興趣。」

「跟信仰無關，單純是大佛會帶給你一些不同的感受。」爍風聳肩：「或許只是我自己喜歡。」

敦運把爍風送到高鐵站後，直接回去彰化租屋處。

跟老爸請長假直到畢業典禮，現在變得很多餘。不過要是敦運回去家裡幫忙，石頭火鍋的客人恐怕都會感染到他身上的鬱悶。

敦運現在也提不起勁去研究外星人的事。

既然如此，就在這待著吧，畢業典禮後就要跟彰化道別了。

雖然也並非真的道別，畢竟敦運有時會被媽拉著，一起去外公外婆家探望。這禮拜舅舅辦婚宴，媽本來打算自己出席，但還是問了敦運有沒有興趣。

敦運說會考慮，然而他此刻在房內，瞪著白色衣櫃發呆。

在彰化讀書的這四年，外公外婆有時會問敦運要不要搬過去住，叫愛孫不需再租房，但敦運比較喜歡有自己的空間。然而現在總覺得有些孤單。

許久，敦運注意到自己渾身黏膩的汗水，便將冷氣打開，只是充斥室內的機器運轉聲，讓他越來越心煩。他輕輕咳嗽，發出音波撞擊櫃子，櫃子沒有異狀，要是不小心震碎了，不知道房東會怎麼罵自己。

敦運最怕無聊，所以隔天起床後，就隨意買了附近的早餐店豬肉漢堡，接著上車，打算去爍風推薦的八卦山大佛看看。

2

敦運爬著樓梯，雖然階梯不多，但是力不從心的感覺拖慢了他的腳步。他來到大佛前，盯著高高的大佛，臉上本來揪緊的表情稍微鬆了開來。只是這樣的莊嚴肅穆雖然使人平靜，但在敦運的心裡，仍不斷有念頭搔癢。

離開大佛後，敦運本來想避開一些曾經去過的地方，卻還是開到了跟小安最常去的鹿港老街。敦運總覺得是身體自行帶他來這的，而不是用頭腦規劃路線。對面有高中畢業旅行的學生正在逛街，敦運下了車，加入遊客們的行列。

一邊走，回憶就一邊湧上心頭，敦運的胸口熱熱的，這是每次想到小安時，都會出現的症狀。

敦運忽然回神，他看見不遠處跳著機械舞的宗弦跟看起來超年輕的宗弦媽，他們正在一棵樹下乘涼。

宗弦看見敦運的時候，也停下動作，笑著揮手。

敦運很高興可以看見同學，他走向宗弦，問他：「你吃過綠豆糕了嗎？」

「吃過了，還真的蠻好吃的。」宗弦注意到敦運像在等待什麼，便說：「怎麼了嗎？」

「沒事，隨便問問。」敦運笑了笑，不確定該不該把外星人的事隨便告訴別人。看來宗弦似乎沒有得到音波，或是其他超能力。

跟宗弦聊了幾句以後，宗弦問小安怎麼沒一起來。

「小安最近在忙畢業製作。」敦運沒跟任何人提起與小安分手的事，他覺得這樣或許就不算真的分手。

「啊，時間過得好快。」宗弦感嘆著：「前一刻我們好像才要開始籌備畢業專題，現在我們卻要畢業了。」

敦運其實對畢業沒太大感覺，他讀大學沒有投入太多熱情，單純想多學點餐飲相關知識，不然他直接待在家裡的石頭火鍋工作也行。

與宗弦道別後，敦運在老街走了走。他還是很驚訝宗弦媽看起來如此年輕。這麼美麗，肯定有什麼特別的基因。

敦運與小安的鹿港回憶，終於在夕陽落下前暫時不再讓他懷念，他開著車回到租屋處，吃了外帶回來的排骨便當，洗完澡、吹好頭髮後便沉沉入睡。

對敦運來說，今日的疲倦或許跟走了很多路沒有關係，花費大量腦力去思考與小安的感情可能才是原因所在。

日有所思，夜有所夢。

在夢鄉，敦運又見到小安的身影，小安牽著一個男孩，敦運當下感覺神清氣爽，隨後小安離他越來越遠，敦運想要往前追上，卻發現自己身處在一個滾燙的火鍋裡。

嘩啦嘩啦，敦運在熱湯裡游泳，小安的消失卻由不得他，他慢慢淹沒在麻辣湯頭當中，如此的鮮紅就像濃稠的血液，將他窒息。

當然，敦運睜開眼時，仍好端端地呼吸著。吞了口口水，敦運把手伸進衣服，擦擦胸口的汗，自己不是常做惡夢的人，偶爾遇到一次真讓人有點討厭。

手機的鈴聲響起，敦運皺眉走到書桌前，是小安來電。

敦運的心忽然劇烈跳起，小安提出復合的各種對白，瞬間在他的腦袋裡上演。深呼吸後敦運才接通電話，小小的手機，被他的雙手呵護著。

「敦運。」

「嗨。」敦運聽見小安熟悉的聲音，像是微風輕拂臉龐，驅趕夏日的炎熱。

「我懷孕了。」

3

敦運瞪著剛剛掛斷的手機。

小安懷了自己的孩子，所以現在是想要復合嗎？她不是才跟男友開心地在屋內互動，並且發出叫聲，今天打過來說自己懷孕是什麼意思？

或是小安並不想要這個孩子，單純通知敦運此事之後，就會去診所墮胎。

因為電話是敦運掛的，所以他還沒問小安這些問題。

忽然，時間彷彿被敦運的一愣而停止。會不會小安肚子裡的孩子，根本不是自己的？敦運搖頭，拍拍腦袋。小安打過來提起此事，一定是經過計算進而確認了孩子的爸爸是誰。

租屋處沒有任何改變，但敦運的心情已經完全不同，他猜小安打算與男友分手，並且告訴敦運，她後悔甩了他。

敦運不自覺地想著未來小安生下孩子，並且和自己相視而笑的情景。那個小嬰兒，就像個初次來到地球的外星人，正式進入敦運和小安的生活。只是敦運隨即想到嬰兒哭鬧的場景——想到自己推著嬰兒車，卻無法阻止孩子在餐廳裡嚎啕大哭；想到自己跟小安為了孩子發生劇烈爭執；想到因為沒有照顧好小寶貝，對他造成不可逆轉的傷害。

響起的手機鈴聲在屋內迴盪，敦運這才從可怕的胡思亂想中回神。是外婆家打來的，敦運接起電話，外婆就說：「敦運啊，今天我生日，你有沒有要來呀？」

大學第四年，也是外婆第四次邀請敦運在生日時過去，每次敦運都不好意思拒絕，畢竟沒有答應跟外公外婆住，已經讓外婆經常抱怨孫子都不去看她了。所以敦運每次都會答應。不過敦運在想，如果自己現在是在台北的石頭火鍋，而不是彰化，就真的可以拒絕外婆了。

「我等一下就過去。」敦運掛斷電話後，伸了懶腰，走去刷牙。

到了晚上快五點，敦運才下樓開車，他整個白天都在想小安未來可能變大肚子的模樣。

4

誠典把雞腿切成三塊，放進便當紙盒粒粒分明的白飯上，裡面的三道小菜是番茄炒蛋、炒高麗菜和土豆麵筋。剛才客人還為了麵筋裝成螞蟻上樹而爭論。明明就是客人自己說錯。

「來，八十元。」誠典動作流暢地把便當用橡皮筋包好，隨後裝入塑膠袋。

客人遞給誠典一張百元鈔票，誠典把零錢和裝好的雞腿便當拿給客人。

「謝謝喔。」面帶微笑的誠典，抬頭看牆上的時鐘，然後把綠色圍裙脫下，週一至週五，他會在這個時候暫時放下工作，去載兒子維哲。

「那我先走，今天店給你們關囉。」誠典拿起旁邊的紫色抹布擦擦手，接著往後放。

「喔好，老闆，你趕緊去。」剛燙捲髮的阿美一邊說，一邊將焢肉和滷排骨分別放置在前方的兩個便當裡。

誠典繞過阿美，再經過旁邊幾位忙碌的員工，大家工作時的氣氛通常都和樂融融，儘管誠典有時覺得自己太過壓抑，遇到難搞的客人頂多只是回個幾句，沒膽直接叫客人離開；或者堅持己見，表示客人自己點錯餐，而不是員工做錯。

時鐘的時間顯示下午四點二十，誠典在便當店門口戴上安全帽，騎著機車離去。

距離放學時間已經過了四十分鐘，校門口此時沒有太多學生在等家長接送。

悶熱的空氣沒被奔跑的學生帶走，而是停留在這，坐在石頭椅子上的維哲，盯著遊樂場的溜滑梯，他還沒去溜就已經熱得滿身汗，似乎有點不值得。但他也懶得走過去。

餐袋在維哲的手裡搖晃，發出噹啷噹啷的聲音，空蕩蕩的校門口仍然沒有出現人影。

操場有三個人在跑步，球鞋踩過跑道的聲音分別在司令台前，還有左側彎道與右側彎道，維哲注意到班上的家瑜走來，她背著書包，歪著頭說：「詹維哲，你怎麼還不回家？」

「我在等我爸爸啊。」

「那我先回去囉，掰掰。」

「再見。」維哲嘴上掛著淺淺的微笑，見家瑜往校門口走後，低下頭，盯著自己的腳。球鞋的右腳小指處，有個上禮拜發現的破洞，好像越來越大了。

爸爸有時候會這樣，比平常更晚一點出現。維哲未曾在放學後自行回家，雖然他提過有公車可以搭，但爸爸不放心三年級的維哲自己走在街上。

維哲像個等待英雄救援的平民，只能待在原地什麼事也不能做。

終於，騎著機車的爸爸出現了。

「阿哲，快點走囉。」誠典手裡拿著小頂的安全帽，在路邊臨停後，快步走向校門口，呼喚獨自坐著的兒子維哲。

早就露出欣喜笑容的維哲，提著餐袋揹著背包，衝到誠典身旁。

「把拔，你很慢欸。」

「哎唷，便當店在忙嘛。」

「今天奶奶生日。」維哲戴上安全帽，坐到誠典的懷中，奶奶和爺爺跟自己一樣住彰化，但他沒有和爺爺奶奶住在同一個屋簷底下。

「對啊，等一下去奶奶家吃晚餐。」

「我要送奶奶生日禮物。」

「嗯？」誠典露出驚訝：「你怎麼有錢買？」

「是我寫給奶奶的卡片啦。」

「喔，那她一定會很高興。」誠典微笑，右手發動機車，載著維哲回家。

5

敦運以為晚點過去外婆家，人會多一點，結果舅舅和表弟還沒出現，屋裡只有外婆跟他自己，外公則是去和鄰居泡茶。

「外婆，蛋糕要不要先放冰箱啊？」敦運指著咖啡色茶几上的蛋糕，外婆的生日蛋糕每次都是她自己去買、自己挑選口味。

「冰箱好像很滿，我看一下。」外婆剛把菜煮好，她將最後一道四季豆炒肉絲放上桌，隨後轉身打開冰箱。

敦運把桌上的八吋蛋糕拿起，他提過蛋糕可以買小一點，但外婆覺得小孩需要吃很多，因此就算她不太吃甜，家裡總是有各種零食或飲料，等待孫子來探望時可以享用。

不知道外婆會挑水果蛋糕還是黑森林蛋糕，敦運之前曾在系上的課程親自做草莓蛋糕給小安吃，小安充滿笑容，但還是擔心吃太多甜食會變胖，敦運便開玩笑道：跟周遭的人說自己懷孕就好啦。

現在小安倒是真的懷孕了，敦運總不能要她告訴身邊的人，自己只是變胖而已。這樣顯得敦運不想負責，儘管他確實不想現在就有孩子。

而且敦運想確定的是，小安前天到底有沒有跟男友做愛，或者只是她男友在看成人片。啊，有可能她男友劈腿，這樣小安有機會在發現後提出分手。敦運覺得真的有可能。

「你舅舅和阿哲應該要到了吧？」外婆在冰箱清出一個狹窄的位置，勉強把蛋糕放進去。

「嗯，差不多吧。」敦運回神，點點頭。舅舅和媽差兩歲，但是舅舅很晚才與前妻生下表弟維哲。敦運跟舅舅不算熟，倒是和維哲處得不錯，以前來外婆家有遇到，維哲都會提出一些關於人生哲理的疑惑，敦運會以自己多十三年的經驗去做分享，然後兩人會一起坐在客廳看電視。

這時門外開鎖的聲音響起，敦運以為是外公，原來是舅舅和表弟維哲。

「奶奶好。」維哲推開門後，快速坐到電視機前面的沙發上。

「好，阿哲真乖。」

「你好像又長高啦。」敦運笑著坐到維哲旁邊，也跟舅舅打了聲招呼。

外婆家的客廳擺著木頭製的沙發，沙發左側與電視機相對，放了一個去年敦運送給外婆的抱枕，讓外婆靠。維哲很久沒看到表哥敦運，害羞地雙手放在大腿底下，屁股在抱枕上動來動去。高興的外婆要大家快點來吃飯，不打算等外公回來再開動。

「阿哲，先去洗手。」舅舅提醒，但他自己沒洗，他曾說過，大人抵抗力比較強。

「喔，好。」

維哲衝去廚房的洗手台，敦運已經拉出椅子坐下。

粒粒分明的白米散發香氣，外婆彎著腰準備替大家盛飯，雖然敦運想就這樣坐著享受服務，但他還是重新起身，跟外婆搶飯匙，說外婆煮飯已經夠累了。

維哲甩甩手上的水，大力拉開椅子，椅腳「唰」一聲摩擦地面，他坐在外婆隔壁，手心輕輕碰著鐵碗。敦運把半碗飯裝給外婆，再拿起維哲的空碗，結果舅舅似乎坐得很舒適，看起來已經認定敦運會幫自己盛飯。

「你很懶欸，都不自己裝。」敦運看了下維哲，但仍替維哲把飯添滿。

「那我幫把拔裝。」維哲接過自己的碗，然後跪在椅子上，以來到胸口比飯鍋高一些的位置，敦運點頭，把飯匙交給下一棒。

「我在便當店已經裝了很多人的飯，我太累了。」舅舅雙手下垂，假裝無力：「謝謝阿哲。」

門再度被開啟，敦運看向玄關，是外公回來了。他帶了鄰居送的茶葉，笑嘻嘻地整包放進廚房上方的櫃子，說著：「你們竟然沒等我就先開動啦。」

「沒有，我們還沒吃，爺爺我正在幫你裝飯。」

表弟維哲快速挖飯，一些白飯甚至從鐵碗邊緣掉落在桌上，外公用手指捏起來吃，外婆則拍拍外公的手，說桌上很髒。

「那我的飯呢？」敦運微笑，維哲伸出細細的手臂，拿起敦運的碗。

「阿哲，你剛才沒跟表哥問好，也還沒跟爺爺問好。」舅舅小聲地跟維哲說，但是大家都有聽到。

「表哥好，爺爺好。」

維哲雖然會刻意維持禮貌，但有時還是帶點粗魯，個性很急。敦運小時候也是這樣，他很懷念以前無憂無慮的童年時光，雖然當時也有喜歡的人，但沒有失戀的那種痛苦。

「媽，我前天送雞精來給妳的時候，在樓下門口遇到隔壁那個阿華耶，他回來啦？」舅舅夾起一大塊蔥花蛋放到碗裡。

「喔對啊，他在美國被裁員，找不到工作啦。」外婆發出低沉嗓音：「聽說他的女朋友還跟別人跑了。」

「妳不要一直講別人的八卦。」外公說：「阿華他爸還送我好茶葉呢。」

「好啦好啦，快點吃飯。」

「把拔，姑姑什麼時候會來？」維哲說。

「我也不知道，吃喜酒的時候吧。」舅舅看向敦運。

「媽說她週五過來。」敦運咀嚼著食物，外婆的手藝確實很好。舅舅跟交往三年的女朋友決定結婚，這是舅舅人生第二次婚宴，他似乎不太緊張，但用得心應手來形容也很怪。敦運猜想，舅舅應該是做了充足的心理準備。

維哲的親生母親在他五歲時離家，敦運沒問過維哲對此有何想法，現在維哲稱另一個女人「媽媽」，有個快樂的家庭生活，說不定已經忘記親生母親的樣子。

「敦運你還沒畢業，就不用包紅包給我。」舅舅笑道，他想起當年姊姊結婚，想包個大包的，但她卻說不用，後來在自己的第一次婚宴，對方也沒準備什麼禮物。倒是前幾天姊姊在電話裡告訴他，為了有最大的祝福，這次要包最大包給他。

「喜宴的日子特別挑跟我生日很近，真好。」外婆的魚尾紋被笑容拉長。一個小時之後，大家已經準備好要吃生日蛋糕了。

敦運與外婆還有舅舅將餐桌收拾乾淨，外公和維哲正在客廳看電視，不過維哲沒有專心盯著螢幕，而是不停看向手上的生日卡片。

「奶奶，今天是您的生日，謝謝您每次在我來的時候，都煮晚餐給我吃，祝您生日快樂，福如東海，壽比南山。」維哲一字一句，說得大聲。

「跟南山一樣長壽，那要多長時間啊？」

「就……很長很長。」維哲大喊。

隨後，舅舅把問號形狀的蠟燭插在蛋糕上，外公手裡拿著打火機，維哲的眼珠子倒映著水果蛋糕上的草莓，包覆蛋糕的鮮奶油散發濃濃香氣，與各色水果的果香一起，挑動大家的味蕾。

敦運把客廳的燈關掉，所有人合唱生日快樂歌，維哲還有點走音。外婆說自己七十七歲，剛好是她的幸運號碼，她許了三個生日願望：「第一個願望，希望全家平安健康，第二個願望，誠典的喜宴順利。」

舅舅微笑，忽然想到自己都五十幾歲的人了，還讓媽媽擔心。

「第三個願望，藏在心裡……」外婆合十的雙手慢慢鬆開，接著睜開眼，將蠟燭的火焰吹熄。

「耶，吃蛋糕。」維哲高舉雙手。

「沒禮貌，要先給壽星吃。」

舅舅說完，外婆用塑膠刀將蛋糕切開第一刀，舅舅再接著幫忙切，然後分給大家。

「把拔，你給表哥看我做的超強動畫。」維哲咬著塑膠叉子，手裡的蛋糕搖搖晃晃，感覺隨時會摔落地面。

「喔，好啊。」舅舅打開自己的手機，點進影音平台，敦運探頭，好奇維哲所說的動畫有多厲害。

舅舅正要輸入文字，按下搜尋的時候，接到了一通視訊電話。

敦運一看，想不到是媽。雖然媽沒把房地產當工作，但有時仍需要花些時間與仲介和買家賣家討論，今天約好要賣房子，所以就不打算提前過來替外婆慶生。不過還是抽空用了手機。

「媽，生日快樂。」敦運媽調整手機位置，讓臉不要太大。

「好，謝謝。」外婆拉著舅舅的手臂，想看清楚手機螢幕。

「姑姑好。」維哲在一旁問好，接著是外公的一陣寒暄。

敦運媽從家人中注意到敦運，便開心說道：「敦運，所以你這週會去吃喜酒吧。」

愣住的敦運很快就點頭說：「會啊。」

「我的車沒被刮壞吧？」

「當然，我車神。」敦運掛保證。

外公外婆、舅舅和維哲，大家你一言我一語的，明明週末的婚宴就能看見敦運媽，還是趁現在多聊了幾句。

6

在媽搭高鐵抵達彰化以前，敦運都沒打電話給小安。倒是小安也沒再聯絡敦運，或至少傳個訊息。敦運穿著深藍西裝，雖然雙眼盯著鏡子，思緒卻仍在小安的事上打轉。

或者懷孕只是個惡作劇。但都分手了，兩人也沒有交惡，小安應該不至於這麼做。

敦運沒想過自己這麼早就可能當爸爸，不過他願意養這個尚未出生、連性別都還不確定的孩子，何況是跟小安一起。應該吧。

以前高中畢業典禮穿了類似西裝的衣服參加，現在敦運穿不下了，且大學畢業典禮只穿學士服，所以也用不到西裝。今天來這裡挑西裝款式，是為了參加舅舅的婚宴，或許謝師宴也能再穿一次。

合身的西裝讓敦運看起來身材不錯，他想像穿著白紗的小安，在一旁稱讚自己穿得很好看。雖然敦運心裡有些振奮，但並不踏實，現在就像來到一個轉捩點，接下去會分出兩個平行時空，一個是與小安重修舊好，先有後婚；一個是小安不要孩子，也不要敦運再靠近她。

然而敦運最想要的，是第三個平行時空：小安不想要有孩子，但是想與敦運復合。雖然敦運知道，這個時空可能性最低。

「先生，這套似乎蠻適合你的。」服務人員手上拿著皮尺，無框眼鏡底下的雙眼帶著微笑。

「好像不錯。」敦運點頭，說：「請問這款的價格跟剛才這件……」

敦運下了決定要買最經濟實惠的一款，之後要是與小安結婚，再考慮訂製一套完美的西裝。

幾雙皮鞋踩在木製地板上發出清脆聲響，有的客人待了快兩小時，帶著濃厚的香水味試穿款式、挑選布料，而待了不超過二十分鐘的敦運，將皮夾收進口袋，接過最便宜的西裝，很快就走到店外，穿過炎熱的空氣，再回到車上。

甜甜的珍珠奶茶被敦運吸入口中，融化的冰塊讓杯身都是水珠，他搓搓手，然後轉動方向盤。

媽說自己看錯抵達時間，所以會再晚一點，提早過來的敦運沒想到要等更久，便在汽車停車場找了位子，等待。

等待的時間最讓敦運煩惱，因為無聊會讓他亂想。會不會那個外星人爍風，假扮成小安打給自己，想進行什麼鬼實驗？敦運清嗓，發出細長的音波與冷氣機的風互相撞擊。

就算音波能讓小安再度愛上自己，當初在學長家門外聽見的瘋狂做愛聲，還是會讓他心裡有疙瘩。

敦運看著通話紀錄，本來要打給媽，卻按到幾天前通話的小安，嘟，他趕緊按下掛斷。聳起的肩膀僵硬無比，敦運把冷氣調大，靠回座椅，伸長的手臂拿起珍奶，當他喝了一大口，看往高鐵站出口時，視線迅速回到杯膜與吸管交界，兩隻螞蟻正在移動，享用著與敦運同樣的珍奶。

敦運從車窗探頭，把嘴裡的奶茶和嚼了兩口的珍珠通通吐了出來。

「欸敦運，幹嘛亂吐東西，你好噁心喔。」敦運媽拉著淺褐色行李箱，手上掛一個米色皮包，一身黑色西裝外套配上牛仔褲，每次房子要賣或出租給房客，她都會這麼穿。

「我的飲料被螞蟻入侵了啦。」敦運又吐了口口水。

「那個，你等等先載我去……」

四年前敦運媽在彰化買了一棟房子，前陣子房客退租，今天要跟另一組小家庭簽約。敦運剛才先開車載媽過去，也陪她上樓看看。

這次的房客是一對新婚夫妻，孩子才剛滿月，跟著爸媽一起來簽約，臉圓圓的很可愛，而且完全不會吵。這讓敦運想到自己和小安。敦運決定在舅舅婚宴結束後聯絡小安，勇敢面對前女友懷孕的事，不要當個膽小鬼。

敦運把車停在租屋處樓下，他下車，換媽坐駕駛座。確認銀色車身沒有任何損傷之後，敦運把鑰匙還給媽，跟她說自己先上樓。

「那你明天會自己過去嗎？」敦運媽把車窗打開。

「會啊，我的機車還在這。」

「記得十一點到。」敦運媽揮揮手，敦運說好，隨後往社區裡走去。

7

把車停在社區地下室後，誠雅從後車廂拉起行李，另一隻手將長髮往後撥，順勢把皮包背好，接著走向旁邊的電梯。地下室總是瀰漫一股難聞的氣味，不知是化糞池的味道，還是從未處理的霉味，停車格除了停車，有的住戶還會放一些私人物品，甚至直接把東西往柱子旁邊堆疊，看起來又髒又亂，如果味道是從裡面散發出來的也不奇怪。

電梯往上，逃過地下室惡臭的誠雅挺胸，深呼吸，當電梯門開啟時，誠雅看見從小就認識的鄰居阿華。

「詹誠雅，好久不見耶。」阿華穿著藍白拖，一件黑色短褲配白色背心。

「嗨。」誠雅沒有特別驚喜，因為在電話裡已經聽過媽說，阿華回台灣了。

「妳先過。」阿華靠在電梯口，讓誠雅拉著行李走出電梯，電梯的燈發出嗡嗡聲響，阿華走到燈下時，抬頭看了看。

誠雅要向電梯裡的阿華說再見前，阿華提起從美國帶回來的禮物，已經先請誠雅爸爸拿回家了。以前阿華曾向誠雅告白過一次，那時誠雅說要聯考，不想談戀愛，後來阿華沒再提，等到誠雅考上大學後，才聽說阿華已經跑去美國念書。

阿華幾乎沒什麼變，雖然誠雅沒見過阿華穿得那麼隨興，但阿華的聲音和給人的感覺，都跟以前一樣。

「媽，明天我會載妳和爸一起過去喜宴。」誠雅把行李放在以前的房間，探頭對著客廳說。

「好啊，敦運怎麼去？」誠雅媽手上拿著遙控器，雙眼凝視電視螢幕裡的電影明星。

「他騎車。」誠雅拿起桌上積了灰塵的相框，裡面的相片，是高中拍的畢業照，年輕的自己穿著學校制服，擁有更苗條的身材，以及充滿活力的笑臉。她不禁笑了。

誠雅的爸爸回家時，又拿了一包茶葉回來，看見女兒誠雅，便想起阿華送她的東西，唇膏、面膜等等的美妝和保養品。

「也太多了吧。」誠雅看著兩袋昂貴的禮物，爸爸卻笑著說，人家可能喜歡妳啊。

誠雅歪著眉毛，說要先去洗澡。當初跟老公分居的時候，她跑回老家住，爸爸和媽媽沒說什麼。現在爸爸這樣說話，大概是爸爸已經有些想法，而且想測試她在想些什麼。

誠典露出牙齒，手中的牙刷再次伸入滿是泡沫的嘴裡，現在時間不到八點，但他已經洗好澡，準備隨時上床睡覺。畢竟明天要結婚。

「馬麻，我明天要穿什麼啊？」維哲的聲音從房間穿透浴室的門，被誠典聽見。

「就最帥氣的啊。」上個月就已經結婚登記的老婆，踩著輕盈的拖鞋從浴室外走過。

誠典臉上藏不住笑容，但他最近時常心悸，一想到婚宴現場可能會有什麼突發狀況，就讓他脖子發癢。

水龍頭的冰水在誠典的手心流動，他捧水漱口，然後將牙刷掛在淡黃色架子上，這裡已經幾乎沒有前妻的影子，許多東西都換了新，維哲在學校的勞作、玩具都變得越來越多，而老婆挑選的日常用品，也讓家裡與從前截然不同。

誠典雙腳踩在柔軟的浴室腳踏墊上，新買的果然比較好踩，他走出浴室，穿回毛茸茸的室內拖，走到客廳裝水時，維哲忽然跑來，問家教老師明天會不會參加爸爸的婚宴。

「會啊，她說既然是你邀請，那就會去。」誠典拿著白色的馬克杯，將飲水機打開，水嘩啦嘩啦落入杯中，形成漩渦。

「好久沒看到老師了。」維哲大聲地說：「以後等她比較不忙了，我要再當她的學生。」

「明天你再負責帶老師去位子囉。」誠典喝了口水，拍拍還穿著學校運動服的維哲：

「來，快去洗澡。」

維哲說好，隨後將手裡的深藍色小西裝放到房間床上，這是他明天出席婚宴要穿的，可惜他暗戀的同學家瑜看不到。

8

雖然西裝是最便宜的，但敦運仍然不想太快弄髒，他騎著車到婚宴會場，再到一樓的廁所把輕便短袖換成平整西裝。

本來要等媽和外公外婆抵達後一起上去，但敦運接到媽打來的電話，說汽車輪胎出了點狀況，還是先去檢查一下比較保險。敦運只好自己先入場，到了三樓，已經有些賓客聚集在門口排隊，也有人已經入座，正在享用冰涼的芭樂汁和柳橙汁。

敦運走到位於門口的簽到桌，他不認識工作人員，但當他簽下自己的名字後，被認出是新郎的外甥，因此被指引到會場最裡面，主桌旁邊的親友桌。

當敦運拉開椅子，正要挑選面對舞台的位子坐下時，又被工作人員叫住。

「不好意思，誠典說要請你過去一下。」

「我舅舅？」敦運愣住，拉拉西裝下襬，點頭說好。

休息室很寬敞，但被放了一大堆工作人員、新郎新娘的東西，維哲站在立鏡前，看著帥氣的自己，忽然跟旁邊的敦運說：「表哥，你有喜歡的人嗎？」

「怎……怎麼突然問這個問題。」敦運調整自己的深藍色領帶，再塞回西裝外套裡。

「就想知道啊。」

「有啊，我有喜歡的人。」

「那表哥，你什麼時候要結婚？」維哲抬起眉毛。

「還沒有這個計畫啦。」敦運轉頭想把小安的身影暫時抹去，他看見誠典走來，神色擔憂。

「我姊車子出狀況，怎麼沒跟我說呢？」跟平常相差甚遠，今日特別英俊的舅舅，看起來有些緊張，額頭都是汗水，但髮膠梳起的髮型仍然瀟灑。

「她說怕你擔心——」敦運低頭瞄了眼手機，看見媽傳的訊息：「啊，他們到了。」

還好只是汽車胎壓稍低了點，媽帶著外婆和外公走進休息室，看見穿著西裝的維哲像個小大人，外婆高興地說：「唉唷，小帥哥小帥哥，我們阿哲最帥了。」

敦運幫外婆拉了張椅子，外婆拉著維哲的手臂，坐下來幫他梳頭髮。敦運媽則拉著敦運，想仔細看看敦運這身經濟實惠的西裝。

「媽，那我先回去位子，我想喝飲料。」

「那你順便帶外公過去。」敦運媽穿著淺藍色的長裙和白色外套，頗有氣質，臉上的淡色口紅也與以往很不一樣，這讓敦運想到，或許老爸會被這樣的服裝吸引，重新愛上媽。

「外公，我們走吧。」

來到主桌就座後，外公就請服務生幫忙裝茶，他想看看高級飯店的茶味道如何，雖然外公跟敦運說他可以坐這，但敦運覺得主桌還是給長輩們坐比較好，而且他的名字確實被安排在左邊的親友桌而已。

「嗨。」

當一個聲音從敦運後方傳來，敦運的身體像是觸了電，在他轉過身之前，頭腦有上千萬個思緒在撞擊，這個聲音從未變得陌生，小安。

小安坐在親友桌，還剛好是敦運稍早前坐的位子，敦運走了過去，回應：「嗨，妳……」

「喔，我是新郎兒子的家教老師。」小安抿了抿淡紅色的嘴唇。

「原來是這樣，我、我是維哲的表哥。」

「也太巧了吧，我當維哲的家教有好一陣子，竟然都不知道他是你的表弟。」

「啊，可能是我太常待在台北火鍋店幫忙了。」敦運搔搔頭：「太少陪妳。」

才剛說完，敦運就懊惱自己講的話太過曖昧，在這大庭廣眾下，他沒有想要搞浪漫。小安換了新的短髮造型，化了點妝。以前在學校見面，小安也會化妝，而每次敦運牽著女朋友時，都覺得自己真的很幸福。

咕嚕，敦運吞了口水，想起神奇的綠豆糕，要是現在發出音波，真的會像火球糕點店長爍風說的那樣，小安將重新愛上自己嗎？

「咳、咳——」敦運輕輕點頭，脖子用力，但音波不是永久的，太久沒有食用綠豆糕，連一點震動都施展不出來。

「你喉嚨痛啊？」小安張大眼睛。

「沒有，只是被口水嗆到。」敦運深呼吸，不自覺盯著小安那尚未鼓起的孕肚，彷彿小安隨時會像氣球一樣膨脹，但仍然可愛討喜，令敦運喜歡。

小安穿著灰綠色的洋裝，踩著白色高跟鞋，皮包是她常背的那款，她退回位子上，說：「你也是坐這裡嗎？」

「對。」敦運僵硬地點頭，本來目不轉睛看著小安的他，盡力保持自然，一邊拉出小安旁邊的椅子，一邊說：「怎麼只有我們，其他人到底都跑去哪裡了？」

「應該你會比較知道吧。」小安微笑，看著圓桌中間放的小牌，上頭寫著「男方親友桌」幾個字，旁邊則靠著一瓶果汁，與寫有今日菜色的淡紅卡片。

敦運擺出尷尬的笑容，又趕緊收起，他們坐在旁邊，卻沉默不語，直到越來越多賓客入座，打破寧靜。敦運看到媽帶著外婆走來，喝了好幾杯茶的外公還有外婆，今天都穿得很隆重，或許他們沒想過兒子會結兩次婚，但仍把以前的西裝和禮服收得很好，絲毫沒有變舊。

幾年前聽說舅舅離婚時，敦運以為外婆會不高興，但聽媽提過，外婆只叫舅舅要好好照顧維哲。

浪漫的音樂不絕於耳，一道道豐盛佳餚上菜，敦運坐的親友桌，除了自己、小安，和維哲之外，還有敦運不太熟的——媽媽的表哥、表妹，以及她的堂弟和堂弟的老婆與兒子。

舅舅和舅媽正在逐桌敬酒，兩人都不年輕了，但他們打扮得真好看，不知道是氣氛到位，或是因為看見新郎新娘的互動，讓敦運感動得眼淚就快要掉落，他覺得自己最近有些愛哭。

「小安老師，妳今天穿得很漂亮耶。」維哲跑到小安和敦運的位子中間，大聲地說。

「啊，謝謝啦，你熱烈邀請，老師當然要穿得正式一點。」小安抬頭挺胸，就算不再是維哲的家教，舉止都還是像師長般謹慎。

「想不到妳和我表哥讀同一所大學。」

「對啊。」小安輕輕微笑。

敦運撇開視線，想讓尷尬散去，他看向主桌，外公和外婆陪舅舅敬酒，他發現媽兩旁的位子頓時空了，敦運的心裡升起了一點孤單，但小安就坐在身邊，自己似乎沒那麼悲慘。

維哲伸出兩隻手臂，搭在小安和敦運的椅背。敦運轉頭，把手肘靠著開口：「阿哲，你怎麼沒坐中間那桌呀？」

「爸爸說小孩坐主桌怪怪的。」維哲聳肩，拉著椅子的他伸出右腳，在屁股後面晃呀晃。

「我坐這裡也很怪耶。」小安壓低聲音笑道。

小安不是新郎新娘的親戚，甚至也稱不上是朋友，不過維哲認為，家教老師有時比不認識的親戚更熟悉和親近。對他來說啦。

敦運猜測維哲雖然坐自己旁邊，但更想跟小安聊天，才跑到兩人中間，又或者維哲想要撮合他們，那這孩子還真懂事。

婚宴相當順利，許多賓客為了不浪費食物也開始請服務生打包，維哲說自己吃得太飽，整個人倒在椅子上，他拉拉敦運的手，說：「你要跟我們回奶奶家嗎？」

「沒有吧，我回家睡覺。」敦運將剩下的柳橙汁緩緩倒入口中，甜甜的滋味在舌尖跳動，他雙眼瞄向小安，揣測她心裡的念頭，接著敦運想到火球糕點的綠豆糕，要是能夠發出音波，一切都會簡單許多。在跟小安談論她懷孕的事情以前，先去找店長爍風買個保險好了。

9

敦運打給火球糕點的店長爍風，想請他寄塊綠豆糕。當初拿到的那幾盒，聽老爸說都送人了，一開始沒想到綠豆糕會有這種效果，不然一定自己留著。

「可以啊，我這幾天剛好要送貨，再拿過去給你。你什麼時候方便？」爍風親切問候。

「在畢業典禮前我都沒事，謝謝。」敦運忽然想起，趕緊說：「啊，不好意思，那綠豆糕的價格是……」

「沒關係，我再請你試吃一塊。」爍風說完，敦運再次道謝，還提到想了解綠豆糕的原理，爍風笑說是商業機密，但要是敦運去他那邊工作，或許可以知道。

吃下綠豆糕後發出的音波，千真萬確，如此踏實，要不是敦運在失戀與復合中打轉，他肯定會想多了解外星人的資訊。不過現在最重要的，就是好好處理這件人生大事。

心情放鬆許多的敦運，在當晚接到小安的來電，問他要不要吃宵夜。

敦運本來想回絕，打算等待綠豆糕送來，但他決定盡快把事情處理好。

而且小安主動打過來，讓他充滿信心。

敦運早已經在腦海裡想過，在與小安接吻之後，提起別那麼早生孩子的事。

肉圓皮與餡料的味道在嘴裡揉合，敦運鼓起的臉頰，不只因為食物，還有他的笑容。小安小口吃著油豆腐，再用叉子輕輕刺起被自己分成小塊的肉圓。這間是上次招待他們吃燙青菜的店，老闆有空時，終於來打招呼：「換了地址之後，生意變得越來越好，因為通貨膨脹的關係，全世界的經濟都相當緊張，為了老顧客我不願意漲價，所以才把店換到這，房東租金收比較少。」

「老闆，你怎麼不在社群網站開個粉絲專頁，在上面公告消息，不然上次我們差點要錯過你這新的地址了。」敦運用衛生紙擦擦嘴角的粉紅醬料。

「我怕經營社群之後，客人太多，會應付不來。之前有部落客和美食節目過來，我還特地要他們別寫得太誇張，也不用寫得太好吃。」老闆笑道。

「老闆你還特地把這裡裝潢得跟之前一樣，真是太有心了。」小安將擾人的鬢角撥到耳朵後面。

「人們總是念舊嘛，我也是喜歡原本的裝潢，乾脆請人做一模一樣的。」老闆說完接著去忙了，敦運把剩下的肉圓吃完，轉頭看小安。

小安的大眼睛盯著敦運，她也已經將碗給清空，隨後她問：「要不要來我家？」

敦運在心裡吶喊，高興的心情一下就全表現在臉上，小安多補充一句：「你好像有幾件衣服還放在我房間。」

啊，看來小安不是邀約自己一起共枕眠。敦運收起誇張的笑容，說好。

舊公寓的電梯緩慢往上，燈光微弱，亮起的四樓按鈕滅掉後，電梯門接著打開，小安走出去右轉，敦運很快跟上她的腳步。

敦運來過小安家幾次，應該說十幾次，小安爸在她高中時就過世，而小安媽待人親切，總是會留敦運吃晚餐，偶爾聊得太晚，敦運便會直接住在小安家，隔天兩人再一起去學校上課。

不過小安媽在的時候，敦運不太好與小安有親密互動，就算關門也覺得怪怪的，所以敦運比較喜歡小安來自己的租屋處。他們可以專心地牽手、接吻、擁抱。

敦運踏進小安家的客廳，啪擦，小安把燈打開，一隻三色花貓就坐在黑色沙發上休息，讓敦運嚇了一跳。

「那是我最近領養的，牠叫綠豆糕。」

綠豆糕睜著兩隻眼睛，看起來像在瞪視著敦運。

「牠好像對我有敵意。」敦運撇開視線，但自己又沒有要做壞事，有什麼好心虛的。不過請小安墮胎，似乎也算不上什麼好事。

然而敦運也認為，每個爸爸媽媽真的做好準備，再生小孩會比較好。

還有，自己跟綠豆糕也太有緣了，現在沒有神奇綠豆糕的協助，眼前這隻綠豆糕似乎也不打算幫忙，看來只能靠自己挽回小安的芳心。

「綠豆糕，乖乖。」小安說：「牠怕生啦，之前被主人棄養，在街上又被國中生欺負。」

「原來如此。」敦運抽了一張綠色矮凳坐下，跟仍看著自己的綠豆糕保持一點距離。此刻的屋內有些安靜，但敦運想到小安媽會不會在家，便往走廊處看。

「我媽應該在睡了。」

「這樣我們會不會吵到她？」

「她最近睡眠品質變好了，不太容易被吵醒。」

當初交往之前，是小安先追自己。因此敦運今天也不打算先說出「復合」兩字。他想以深入內心的聊天方式，讓小安自行說出要不要重新在一起。但就算小安媽已經睡著，敦運也怕在客廳聊天會被聽見，看來今天適合談談的時間，在吃完肉圓後就結束了。

小安走去房間拿之前敦運留在這的衣服，而敦運坐在原位，連呼吸也覺得大聲，他看著黑色電視螢幕裡的自己，再抬頭四處張望，上次來小安家，大概有三個月了。這裡沒什麼變，畢竟也才三個月；自己和小安的關係確實變了，畢竟人的關係經常在變化。

敦運只希望他能抓住機會，將兩人的關係拉近。

「來，這是你的，還有兩件內褲。」小安把手裡的紙袋遞給敦運。

頭腦發熱的敦運，在伸手拿取時，碰到了小安的手，幸福瞬間將敦運融化，現在他可以確認，這比吃到神奇綠豆糕還要美妙。

「你還沒有想睡覺啊？」

「嗯？」敦運愣了一下，說：「對啊，最近比較晚睡。」
「我想去看大佛。」
「現在？」
「嗯。」小安點頭，走到沙發旁，輕輕撫摸綠豆糕的貓毛。
敦運最近都在想小安的事，常常躺在床上好久才能入睡，今天與小安的互動讓他有些亢奮，看來大概不用睡了。不過這很值得。敦運把空氣吸入胸腔，揚起笑容，說現在就出發。

10

大佛屹立不搖，看起來穩重且莊嚴。小安和敦運坐在大樹下，抬頭看著祂。
今日深夜涼風徐徐，蟬鳴並不吵雜，敦運身旁的小安忽然開口。
「時間過得好快，我也剩一年就要畢業了。不知道以後，過得會是怎樣的生活。」小安低下頭，再打起精神似的遙望遠方：「記得高三選學校時，我考慮過舞蹈系，但我爸走後，家裡失去經濟支柱，我在想未來可能得找薪水好一點的工作。當我想破頭，靠著畫圖抒發壓力時，我在招生簡章發現多媒體系，研究了課程才知道可以畫動畫。近年來動畫產業越來越蓬勃，我也有興趣，就來到這了。其實我國小曾想過要成為漫畫家呢，真是奇妙的旅程。」
「計畫總是會有意料之外的發展。」敦運曾以為自己會與小安長長久久，因此本來就沒預想過小安不在身邊的日子會是怎樣，所以才被失戀搞得魂不守舍。

「那妳媽最近怎麼樣，我還記得她煮的菜，真的很好吃。」

「她啊，最近常常想念起我爸。雖然這樣，但她卻睡得很好，她說好幾次都會在夢裡遇見爸，他們會聊天聊一整個晚上，直到她醒來。」

小安望著大佛，敦運看著小安的側臉，繼續聽她說話。

「自從三年前我爸過世後，我媽變得更信奉佛教。昨天她說她來看了彰化大佛，還另外買一串佛珠回來給我，結果我沒有拿好，不小心摔碎了。」小安無奈地笑自己：「然後我竟然自責地哭了起來，但是媽就一直安慰我，說佛珠再買就有了。我想，肯定是大佛帶給她如此的安定，所以我也想來體會大佛的寧靜。」

敦運望著大佛，笑了。接著小安又開口：「更何況第一次懷孕。不知道是不是只有我冷靜不下來呀？」

是時候了。敦運要把一切都說清楚，他仍喜歡著小安，不願意就此分手。

「我也每天都在想這件事。」敦運咳嗽：「不過妳測了幾次啊？」

「加上不同驗孕棒，三次有吧。」

「驗孕棒的準確率應該很高，對嗎？」敦運每次說完，就覺得自己不知道到底在說什麼東西。

「很高吧，九十幾％。」小安皺起眉頭，情緒竟也激動起來。

敦運低著頭，盯著自己搓來搓去的手指，說：「那個，雖然我快畢業了，但幫忙家裡的火鍋店，不確定賺得夠不夠，而妳也還在念書，未來一年還要進行畢業製作，可能很忙，或許不適合生孩子？懷孕對妳來說可能很辛苦，另外我們都還年輕，養育孩子的花費應該負擔不小……」

小安的眼淚嘩啦落下，在她細嫩的皮膚上彈跳，敦運是個不負責任的男人，應該說是不想負責任的男人。雖然那次的性愛是她自己答應的，但她也沒想過之後會想提分手，分手是各走各的，但緣分總沒那麼輕易切斷。

「妳怎麼哭了，抱歉啦，我只是有這樣的考量。」

「你這樣就像渣男你知道嗎？」小安顫動的臉頰，在敦運的眼裡被放大，敦運慌張地想解釋，小安伸出雙手用力將他推開。

敦運從石階上起身，往後走，離小安越來越遠，這似乎是最好的安慰。轉過身的敦運，深呼吸，內心充滿懊悔，他沒有想過，小安在聽他暗示希望把孩子拿掉時，會是這樣的反應。

機車轟隆隆前進，敦運騎回租屋處，整夜未眠。

直到早上被手機喚起，他接到爍風的來電，爍風說他剛到彰化，昨天敦運在電話裡提到綠豆糕，感覺急著需要，就把第一個送貨地點改到彰化了。

敦運確實是太過心急，才會答應跟小安一起去吃宵夜，明明自己也不餓。

11

今天阿黃召集大家放學玩鬼抓人，維哲滿臉通紅，汗流浹背，但身心舒暢。平常維哲沒跟阿黃他們玩的時候，就要獨自坐在操場附近等爸爸來載他回家。

「小彰，你太胖了啦。」阿黃雙手插腰，站在遊樂場的鞦韆旁，對彎腰撐膝蓋的小彰說。無法反駁的小彰只是用手背擦掉汗，接著走去書包拿可樂補充糖分。維哲皺眉，看見小彰手中的寶特瓶，飲料上沒半滴水珠，感覺整瓶都放到熱了。

「我也想喝欸，小彰，都沒幫我買。」靠在溜滑梯尾端的大崇說。

「這是我的早餐啊。」小彰今日份早餐，豬肉漢堡加蛋餅，還有一瓶可樂。

「大崇，那你去幫忙買好了。」阿黃像是一支鬼抓人隊伍的隊長，指揮隊員去補充糧食與飲水。

抱怨了幾句的大崇還是樂意地起身，拉著第五位隊員瓜瓜去學校隔壁的便利商店，維哲、阿黃和小彰則負責顧大家的書包。

顧著顧著，他們聊起了班上同學的八卦。

八卦不分年齡。雖然人生不同的階段，討論的八卦確實不太一樣。維哲聽說育宏喜歡班導，以後想要娶她；提到結婚，阿黃提起小美父母離婚，是因為她爸爸在外面有別的女人。

維哲愣了一下，他沒跟大家說自己的爸爸結婚了，也沒講過上次出現在校外教學的，是她第二個媽媽。其實維哲不清楚四年前爸爸為什麼會離婚，他也沒有很好奇。他對自己的親生母親並沒有太多印象，小時候母親就很少照顧他。

「那你們知道風紀股長的事嗎？」小彰說。

「他怎麼了，每次午休他都很少記人，除了鍾家瑜。」阿黃站累了，便坐到鞦韆上。

聽見家瑜的名字，維哲的心頭緊了一下，每次看見家瑜，維哲都有些害羞，但這從來不會讓別人發現。只有維哲自己知道，家瑜跟他說話、互動的時候，他都會心跳加速。

「風紀股長一直登記鍾家瑜不好好午休，或是報告老師，說鍾家瑜在上課經常跟旁邊的人聊天，都是因為，風紀股長暗戀她。」

「哇！大新聞欸，你怎麼知道。」

「我有天偷看風紀股長寫的日記，就發現啦。」

「男生也會寫日記啊？」

「沒差吧，男女平等。」小彰攤手。他跟阿黃你一言我一語，而維哲不知道該怎麼插話，他不想談到家瑜，但又想趕快轉移話題。風紀股長是班上的人氣王，對於多出這樣一個情敵，維哲心中忽然充滿煩惱。

還好他們很快又聊到另一個同學，後來阿黃提議從班上的一號開始，談論大家的八卦與祕密，當然，輪到維哲、小彰、阿黃三人的號碼，就快速跳過。

二十分鐘後，大崇和瓜瓜終於回來了，他們去了那麼久，原來是先坐在便利商店的座位區享用了關東煮。

「天氣這麼熱，我還以為你們去吃冰了。」阿黃開朗地笑，不過他已經迫不及待說出剛剛聽到的所有祕密。

兩天後，風紀股長喜歡家瑜的事，傳到了家瑜的耳裡。

家瑜知道風紀股長為了吸引她注意，才一直找她麻煩，因此當場和風紀股長說，我永遠不會喜歡你。風紀股長哭了一整個下午。

維哲只是慶幸，自己沒有留下任何喜歡家瑜的痕跡。

12

今日是婚宴後的第三天，而誠典早在婚宴隔日就回到便當店的崗位。

雞腿的滷汁滴在炒花椰菜那格，然後將蒸蛋染色，接著成功降落在白飯上面，誠典按壓便當紙盒，橡皮筋從手掌滑過，隨後將裝進塑膠袋的便當遞給客人。

誠典有想過蜜月旅行的地點，但最近便當店異常忙碌，讓他無暇思考，他在第一次結婚時搭過飛機，暈機暈得很慘，但為了給現在的老婆美好的回憶，他希望規劃一個充滿異國風情的特色旅行，展現自己浪漫的一面。

「老闆，你今天不用載你兒子啊？」阿美的捲髮在耳邊晃動，她把剛炒好的絲瓜放上鐵檯，將空盤拿起，剩下的湯汁在盤上滑來滑去。

「他今天跟同學玩，同學的家長會幫忙送他回家。」誠典手邊的動作沒停，持續替晚上客人預訂好的十個便當裝料。

「喔，辛苦了欸，才剛結婚就要回來工作。」

「不會啦，待在家只會閒得發慌。」誠典笑了笑。

一旁的小詠把湯桶放下，本想加入聊天，但客人忽然蜂擁而至，讓她抹掉鼻頭汗水，趕緊向前給顧客點餐。

晚間九點，便當店的客人剩下一位，小詠擦拭著桌面，坐在後方的阿美和淑宜討論著最近藝人外遇的新聞。

「唉唷，都去摩鐵了，怎麼可能只有休息。」淑宜翹著腳，把粉色上衣的袖子捲好。

「他老婆真可憐，我記得他離過婚，跟那個什麼……」阿美思考著，但就是想不到。

「喔，拍電影的嘛，我也忘記名字了。」淑宜說：「當初新聞鬧很大，現在結了第二次，又去找小三，唉，離過婚的男人都不可信。」

「小聲點，老闆最近結婚，不要亂說話。」阿美壓低聲音。

淑宜點點頭，緩慢起身：「我是說那種公眾人物啦，對了小詠，今天那個大叔又來找妳了。」

「我都已經有兒子了，他真的窮追不捨耶。」小詠將紫色抹布摺得方正。

「聽說他是企業大老闆。」阿美把旁邊座位的椅子放進桌底。小詠注意到最後一位客人吃完走了，邁開腳步去收拾桌子。淑宜走到廚房拿包包的時候，看見老闆誠典，跟他打了聲招呼。

誠典不會阻止員工在休息時間聊天，但他不喜歡自己被討論，雖然只是小小的提及。他擺出笑容，淑宜說了明天見，誠典點頭示意，隨後把檢查完畢的炒菜鍋放回爐子上。

總覺得婚宴之後，緊繃的感覺還在，又或者生活上的一堆事情，本來就隨時在擠壓自己。

13

晚上六點謝師宴，敦運穿了前幾天參加舅舅婚宴的同套西裝，他走到門口時，班上的兩朵花穿著漂亮的衣服，一紅一紫，正在給登記報到的同學簽名，她們準備了吃喜酒的紅色本子，敦運覺得自己跟結婚也太有緣了，但偏偏小安不在這段緣分裡，而且還是他自找的。要是現在跟小安說，我們把孩子生下來吧，小安肯定不會買單，而且這樣更像渣男了。

「除了老師同桌以外，其他人自由入座。」

「好。」敦運看著寬敞的宴會廳，許多同學已經抵達，他尋找著與自己最熟的宗弦，但看見身為負責人的宗弦正在跟老師聊天，便放慢腳步，等宗弦說完話。

宗弦轉身時看見敦運，兩人打了招呼，趁宗弦走向門口，敦運趕緊問他坐哪。

「喔，我隨便坐就好。」宗弦手裡拿著稿紙，雖然謝師宴大家認為單純吃個飯即可，但他準備了幾個小遊戲和抽獎，甚至還會上台展現舞技，就怕氣氛太僵。

敦運剛好站在最外圍的一桌旁，他隨手拉開椅子，說：「不然我幫你占一個位子。」

「好啊。」宗弦微笑，忽然想到些什麼，便把敦運拉近，壓低聲音：「你最近有沒有怎麼樣？」

「什麼意思？」敦運的腦海浮現小安的身影，但宗弦應該不知道小安的事。

「那個綠豆糕……」宗弦搖搖手，說：「沒事啦，只是那真的好吃到很誇張。」

「確實是這樣。」敦運愣住，該不會宗弦也得到了超能力，他看著宗弦走到外面，想起班上的兩朵花，宗弦經常說她們美得讓自己難以抉擇，要是宗弦能發出音波，還有誰不會愛上他？

不過，音波使人愛上自己的效果，不知道能持續多久？敦運把小塊的包裝綠豆糕隨身攜帶，就是為了一切突發狀況，但綠豆糕究竟可不可靠，確實還無法肯定。

宗弦和班上最美的兩個女同學有說有笑地走進來，當宗弦再度經過時，敦運趕緊拉住他。旁邊的兩朵花看著敦運，敦運便把話給吞了回去，只說：「辛苦了，記得回來一起享用美食。」

「好，你快去夾菜吧。」宗弦揚起笑容，捏了捏敦運的肩膀。

敦運深呼吸，思索著要用綠豆糕挽回一切。

謝師宴吃的是自助餐，菜色雖不算很多，但種類齊全，食材海上陸地都有，飲料甚至有珍珠奶茶可以裝。

白色桌布被食物湯汁和飲料染色，氣氛是越來越熱鬧，大家的肚子也越來越撐，跟敦運同桌的彥宇一邊拍著凸起的腹部，一邊說：「好像到大四才有這種感覺，已經無法像年輕時那樣吃得超級多了。」

「不都是到三十歲才有這種感覺嗎？你才二十二欸。」

「衰老年輕化。」彥宇張大眼：「還是我懷孕了？」

「什麼鬼啦。」銘壬伸出手肘，撞了下旁邊的敦運：「欸，聽說你女朋友懷孕。」

「你聽誰說的。」敦運想假裝不在意，臉色卻越來越蒼白。

「宗弦講的。」彥宇說：「我還以為他開玩笑，但他超認真，敦運，你也是認真的吧？

不要只是玩玩，不想負責任耶。」

「我做任何事都很認真啦。」敦運壓抑著怒氣，他用手將身體撐起，說要再去裝點飲料。

彥宇和銘壬繼續閒聊，沒有把話題停留在敦運身上，而食物區的敦運，正用力挖起一勺珍珠，放進透明玻璃杯裡，再側身盛裝快要見底的奶茶；旁邊走來的宗弦才剛跟服務生提醒補充飲料的事。

敦運抬頭瞪視著宗弦，但又將眼神鬆開，拉住他問：「小安的事你怎麼知道的？」

「因為小安是熱舞社的學妹嘛，前幾天我才聽她提起。」宗弦明白自己不該隨便講敦運的事。那時三人在聊天，宗弦脫口而出，彥宇提出質疑，為了面子宗弦只好不斷強調自己講的是真的。當時他大可改口，說只是亂開玩笑。

「本來想恭喜你，但不知道你有沒有想要那個孩子，所以打算找時間跟你聊。」

「沒什麼好聊的。」敦運終於忍不住大吼：「不要只顧著講別人閒話，專心點工作行不行啊！」

宗弦打算解釋自己對此沒有任何評論，反而是充滿祝福，但敦運放下手中珍奶，轉身走掉。

灑出的奶茶讓西裝的袖子也弄溼了，敦運甩甩手，還是覺得掌心很黏，他不打算去廁所沖水，否則被同學看見自己默默從廁所走出來，實在有點尷尬。

謝師宴雖然到了尾聲，但大家都還待著，敦運在系上從來不是引人注目的類型，只是今天他第一個走出宴會廳，好多同學都開始談論起，敦運為什麼提早離開。

14

取得學士學位的學生們站在體育館外跟同學還有家長合照，敦運調整學士服的領帶，將領帶拉至胸前，外公牽著外婆站在敦運身旁，敦運媽則站在另一側。因為畢業典禮在星期六，舅舅也帶著表弟維哲來了。敦運確實有點驚喜。

另外，老爸在典禮開始前出現一下子，後來在體育館看台區就不見人影，敦運以為老爸只是為了不要跟媽碰面，但老爸大概直接走了。

對於家人有沒有來參加，敦運並不是非常在意，雖然這樣的熱鬧氣氛讓他心情不錯，接著他被幾個同學拉去拍照，便跟媽說：「我等等再過去找你們。」

「好，要不要幫你拿背包。」媽穿著黑色裙子，白色上衣，手裡拿著淺藍色的皮包，她今天穿得跟平常也不太一樣。

「謝謝。」敦運看著旁邊已經張開雙手的維哲，便把沒裝什麼東西的背包交給他。

事隔兩天，幸好同學們沒向敦運問起謝師宴發生什麼事，知道原因的宗弦、彥宇和銘壬也沒再大嘴巴。

宗弦去超商買了飲料，水珠不斷從檸檬紅茶的瓶身往下滴落，他伸出其中一瓶，用瓶底戳一下敦運的背，說：「抱歉，我有時真的管不住嘴。」

看見宗弦張大嘴，露出兩排牙，敦運笑了，他旋開瓶蓋，旁邊的呂寧要他先別喝了，站在大家前面的忠河，雙手拿著單眼相機，喊著「三、二、一」，喀嚓留念。

連續拍了幾張團體照，又各自分開找熟悉的朋友一起合影之後，敦運邊喝飲料邊往沒有人群的地方走，看見遠處獨自靠著欄杆的維哲。

「要喝飲料嗎？我去幫你買。」敦運走到維哲旁邊，看看他怎麼了。

「好。」

「在想什麼？」

「班上喜歡的女生，好像不喜歡我。」維哲的臉寫滿了沮喪。

「你怎麼確定呢？」敦運像個開導者，微笑著說：「該不會，你告白了吧。」

「沒有，只是她有時不太理我。」維哲嘆氣：「爸爸不是奶奶親生的，我也不是媽媽親生的，會不會因為這樣，我才被冷落。」

敦運的嘴巴因為太過驚訝而僵住。

他之前從沒聽說舅舅不是外婆的親生兒子。敦運也是這天才知道，外公外婆並不是重男輕女，而是害怕舅舅小時候缺乏關愛，才更關心舅舅一些。

接著敦運拍了拍維哲沒什麼肌肉的手臂，說：「不會啦，只要有感受到家人對你的好，就不用在乎這個。」

「表哥，我剛才看到小安老師。」維哲忽然抬頭：「我覺得你們很配欸。」

敦運愣了一下，神情透露一絲懊惱，他似是嘆了口氣，接著說：「可是我們分手了。」

「咦？你跟小安老師在一起過！」維哲拉著敦運的衣襬：「為什麼分手？」

「就，很多原因吧。」敦運戳了一下維哲的肩膀，說：「來，我們去超商挑飲料。」

走過紅磚台階，因為身高較高，敦運看見家人都在超商門口，外公和外婆為了剩下的一個位子互相讓座。

「媽，你們什麼時候要回去？」

「差不多了，只是想說要不要跟你一起去吃午餐。」敦運媽將礦泉水就口。

學士服讓身體有些悶熱，敦運把學士帽夾著，用手撥弄瀏海，他跟媽討論要去哪裡用餐，轉頭就看見老爸走來，竟然還帶著小女友。老爸的小女友穿著一身紅色長裙，比較年輕，但也有四十，敦運沒覺得她特別美麗，反正老爸喜歡，他也管不著。

「敦運，恭喜畢業。」老爸微笑。敦運開始感受到詭異的氣氛加速膨脹，老爸的小女友跟自己毫無關聯，又何必來畢業典禮。

「謝謝。」敦運擠出笑容，老爸也跟外公外婆，還有媽打了聲招呼，敦運注意到媽臉色不太好看，忽然一個身影從旁衝過，舅舅竟打了老爸一拳。

「不准你欺負我姊。」舅舅瞪大眼睛，捏著拳頭。老爸沒有戲劇性地跌坐在地上，他退了幾步，看起來不算吃驚。他的小女友也很鎮定。

「感情本來就不能勉強嘛。」老爸好像想多說什麼，後來只是搖搖頭，牽著小女友離開。

敦運媽眼眶有淚水，但眼淚沒掉，敦運有點氣老爸故意帶其他對象過來，又或者老爸是太過天真，以為跟媽雙方沒有疙瘩。還有媽那邊的家人。

不確定老爸對媽到底還有沒有愛。他想到口袋裡的綠豆糕，人之間的感情，是否真的會被外星人的科技改變，或許要做實驗才知道。

綠豆糕在口中被咀嚼碎裂，但功效隨即產生，敦運深呼吸，輕咳，確認音波能夠發射。他回到人群當中，儘管已經好些學生回家，體育館外還是很多人。

不到十秒鐘，敦運看見穿著平常衣服的小安。

敦運思考過，世界上的一切都好像注定了，人們只是按照劇本走。

但是還沒來到結局，誰知道最後是怎麼安排。

「嗨。」敦運很快就道歉：「上次我沒仔細思考，才亂說話。」

「嗯，我也不該隨便對你貼標籤。」小安低頭，輕盈的短髮下，心情有些低落。

在使用音波讓小安愛上自己之前，敦運終於說出疑問：「那個學長，妳不喜歡他了對嗎？」

小安愣住，然後鬆開緊皺的眉頭：「我只是送學長綠豆糕，不是喜歡他啊。」

「我以為他是妳跟我分手的原因。」敦運幾乎聽得見自己的心跳。

「什麼啦，我跟學長才沒在一起。」

「妳沒選學長，那妳選誰？」

「我選單身啊。」小安雖然這麼說，但她之所以提出分手，其實是覺得敦運不夠愛自己，後來懷孕反倒讓她後悔與敦運分開。

短暫的沉默裡，敦運的腦袋急速運轉。原來，是敦運誤會了，上次去那個學長家，裡面的女生其實是別人，不是心愛的小安。

得知這振奮人心的消息，敦運對於太快吃下綠豆糕有點後悔，但這已經不再是重點。不用音波了。

敦運輕輕地說：「把孩子生下來吧。」

此時，周遭忽然起了騷動，尖叫聲突兀地出現，敦運瞪大眼，想釐清發生何事。眼前的男子持槍走來，他頭髮油膩，雙眼皮下的眼睛看起來歷經滄桑，突起的顴骨處，肌肉微微顫動。

一陣熟悉感湧上，男子是上次舉行外星文明討論、地點約在吃到飽火鍋的克堅。

克堅看起來似乎壓抑了很久，而內心有某個東西即將爆炸。

喀嚓，克堅舉起槍。敦運以為是自己上次聚餐做錯了什麼，但槍枝瞄準的卻是愣在一旁的小安。

一個呼吸之間，敦運喉嚨震動，發出強力的音波，將克堅轟倒。

時間彷彿被暫停，又或者在每件危險的事情發生時，都會有這種情況。因此敦運看著小安慢動作倒下，他的目標雖是瘋狂的克堅，卻仍波及到身邊的小安。

敦運的表情凝結，深怕無法挽救這一切。

15

小安吃力地睜開眼，彷彿睫毛因為太長而過於沉重。

頭暈目眩，但世界慢慢鎮定下來，小安深呼吸，周遭的白牆與消毒水的氣味讓她很快就認出自己在醫院。而且自己就躺在病床上。

她忽然感到緊張，伸手觸摸肚子，然後稍微起身，看向外頭，想知道家人是否來了。

而急診室外，剛從廁所回來的敦運，發現小安醒了，便快步跑到她身邊。

這時一位醫師走來，敦運緊張地起身。

「醫師，檢查報告怎麼樣？」敦運轉頭，看著坐在病床上的小安，眼神透露關愛。

當小安看見敦運，嘴角也確實揚起了一絲欣慰的微笑。

「她沒事，可能受到驚嚇暈倒了，加上跌倒時稍微撞傷自己，不用擔心。」

「那她肚子裡的小孩……」敦運雙手緊握，眉頭仍未鬆開。

「噢，她並沒有懷孕。」

當醫師說出這句話時，敦運以為自己聽錯了，醫師隨後說：「先休息一下，批價完就可以離開。」

愣住的小安想說話，但她拉住敦運時，敦運卻把手抽開。咚，小安將無力的手放在床邊，忽然覺得頭腦昏沉，想吐的感覺不是孕吐，腹部的疼痛八成只是胃在翻攪。

小安試著回想，但驗孕棒的兩條線讓她記憶猶新，那時的驚訝與高興，彷彿仍然感受得到。

然而，此刻現實狠狠向她重擊。

機車太慢，被按了幾次喇叭，敦運催了點油門，熱風吹過手臂，安全帽悶得可以。

以前，敦運與小安約會時，最喜歡的行程就是跟她聊天。去遊樂園、逛街、看電影，都不是敦運的最愛。他最愛輕輕鬆鬆地，與小安聊各種話題。

敦運回憶著過往，機車持續往前進，時間沒有回頭，不知不覺，像是被大佛給吸引，敦運來到八卦山大佛前。

望著坐落在原地的大佛，敦運的視線從大佛安靜的臉龐，慢慢移到肩膀。

他幻想著自己和小安，正坐在大佛高高的肩膀上。兩人手拿著飲料，而小安的大腿，放的是敦運親手做的草莓蛋糕。他們一邊享用茶點，一邊天南地北聊著。

聊著別人的八卦，聊著未來的計畫。

閉上眼時的黑暗讓敦運回神，他來到這，可能是渴望大佛能給予指引。

只是他也明白，什麼事都得靠自己。

敦運看著大佛的肩膀上空空如也，隨後走回機車，發動引擎。

轟隆隆，轟隆隆。敦運將安全帽扣上，腦袋的轟隆聲，比機車引擎發出的聲音還要吵雜。

他心想自己確實勇敢踏出了那一步，可惜小安欺騙他，說謊毀了一切。

第三章 👽 外星人的實驗

1

就算她騙你，說自己懷孕，也是為了挽回你嘛。敦運的心底冒出這個念頭，但他覺得小安的惡作劇實在太爛了。

還有那次小安哭著罵自己是渣男。

大肚子這種事最好不要開玩笑，其實玩笑到底有什麼好玩的，除了笑的人以外，沒笑的受害者極有可能被搞得身心俱疲。

敦運忍住想大吼的衝動，因為現在店裡有客人。大學的畢業典禮當晚，爍風就打了電話，邀請敦運來火球糕點工作，並且保證薪水不比其他店要差。

畢業典禮結束後，敦運本來就打算離開彰化，一方面是租約到期，一方面是怕自己會想去找小安。如果爍風沒有來聯絡，敦運可能會直接回台北，在家裡的石頭火鍋幫忙。不過老爸帶小女友給媽難堪的事，確實讓敦運暫時不想和老爸一起端火鍋。就算老爸是無心的。

青綠色的外盒整齊排列，品項有餅也有糕，一個小牌子上寫著「人氣商品」四個字，那就是店裡的經典款綠豆糕。

敦運在替客人結帳時，聽見他們剛才在討論櫃檯後面的牆壁粉刷，整片淺藍色的很好看。不過他們是情侶，聊著新家的裝潢，讓敦運只想趕快收下他們的鈔票，這樣就不必繼續看兩人放閃。

「謝謝光臨。」敦運保持服務業的專業，對客人親切道別。

平時是敦運在顧店，但他比較訝異的是，客人沒有想像中多。他認為綠豆糕的美味屬於頂級，而且吃了還可能獲得超能力。

爍風回到店裡，手提著紙袋，把東西放到後方的儲藏室。目前敦運還是有點不習慣爍風的大光頭，他也不好意思問爍風關於頭髮的事。還是外星人都這個樣子？

敦運和爍風各自替客人介紹商品，打開塑膠小盒給他們試吃，順便推薦幾款冷門或熱門的糕點，根據客人需求來做變化。

九點下班，爍風請敦運鎖門之後，拿了這週的薪水給他。

「謝謝。」敦運的手指滑過牛皮信封，關於信封、信紙這類的東西，材質總是特別好摸。又或者裡面的八千元讓一切都很好。爍風怕敦運對糕點沒興趣，所以剛開始跟他約好，一週發一次薪水，讓他更有動力，之後工作穩定再改成按月支薪。

這幾天下來，雖然沒有聊太多，但敦運對於爍風也已經有些熟悉，趁著關店休息，他便開口想把疑問解開。

「店長，你不怕買綠豆糕的顧客，剛好有特定基因，得到其中一種超能力以後，造成世界的混亂嗎？」

「每次進門的顧客，都透過機械掃描，確認過了。」

「那，如果是送禮的話呢？」

「在各地的外星人會發現的。」爍風輕輕微笑：「不要害怕，我們可不是什麼邪惡生物，我們一直在注意，不讓有特殊能力的人輕易為非作歹。」

雖然爍風這麼說，但這正是外星人的實驗內容，要是真有人使用能力幹盡壞事，外星人先做的會是記錄，而不是阻止傷亡。

「而且我們在賣出綠豆糕後，其實會追蹤對方一陣子，就像我們知道你把一盒綠豆糕送給了同學。」

敦運解釋自己只是純粹分享美食，爍風笑了笑，要敦運下班記得鎖門，明天不要遲到。

最近敦運經常頭痛，睡醒總覺得沒精神，幸好在接下來的日子，漸漸不再有這種症狀，而且他發覺吃了越多綠豆糕，音波的強度就變得越強。不過，熟悉超能力以後，他也沒想過成為超級英雄打擊犯罪，仍然每天去火球糕點上班，賺錢生活。

敦運很好奇，現在地球究竟有多少個外星人。而且，會不會有更多不同種類的外星生物，就像之前在外星文明討論提到的那樣。只是爍風都沒有正面回答。

回到高雄的租屋處，敦運咀嚼著速食店買的漢堡，然後拿起可樂，趁著氣泡還很多，猛吸幾口，再打了一個長長的嗝。

屋內很快就安靜下來。敦運把漢堡紙丟進垃圾桶，拿起喝完的紙杯去廁所沖。

敦運總會在獨處的時候思考。因為最近當他看到不順眼的事，心裡就會浮現用音波把人給衝撞開來的血腥畫面。他每次都要忍耐，並且告訴自己，既然沒有打算使用超能力保護社會，至少也別帶來破壞。

只是每次想到小安，就會讓他很悶，悶得想用音波出氣。

寂寞湧上心頭，雖然得知外星人的存在以後，敦運很確定，宇宙裡的地球人並不孤單。

只是每當敦運被苦悶包覆，就好像與世界隔絕，獨自待在個人的困窘裡頭。他會開始自問，難道這些是自己想要的生活？

2

克堅把電視關掉，咒罵著電影經常把退休軍人寫成十惡不赦的反派，他從褐色老舊沙發起身，雙腳向前，鑽入藍色的塑膠拖鞋裡。

上次去大學畢業典禮暗殺外星人未果後，他在「隱蔽處」躲了幾天，從南到北，克堅一共擁有十個「隱蔽處」，在警方查不到人的情況下，他暫時得以喘息。

在軍中服役的時候，他也沒想過，生活會變成現在這個樣子。

當他在網路上看見一些關於外星人侵略地球、造成動盪的預言，他便下定決心，要找出已經隱身於此的外星人，將他們一舉殲滅。

不過當克堅在外與外星人研究社團的社員聚會時，都相當親切，絲毫沒有顯露對外星人的厭惡，只展現自己對外星人的好奇。

直到，一位光頭專員找上門，才讓克堅的心頭怒火被點燃。

光頭專員表明，自己是政府旗下，隸屬於名為「獵殺外星人」的機密部門。專員姓陳，名叫爍風，他還送了一盒精緻的綠豆糕給克堅，希望克堅能接受招募。

克堅這才知道政府真的有在做事。他很快就答應，而第一個任務，是殺了名叫「王姵安」的外星人。

之後，克堅便等待爍風下令，但這對他來說太過漫長，所有情緒都在急速累積。這期間，他察覺自己得到特殊能力，讓他稍微轉移了焦躁。他的視力逐漸變強，能輕易看見相當遠的行人臉上，每條蜿蜒的皺紋。

克堅猜想是綠豆糕的效用，也讚嘆政府為了消滅外星人，竟然研發出這種食物。同時，克堅為了擊殺第一個外星人目標，也研究起自製步槍。

服役的時候槍沒碰過幾把，帶兵的日子也很無趣，幸好外星人的相關事情，能讓克堅保持動力。爍風的到來，讓克堅有些感動，他終於有了「真正」的夥伴，而不是那些只會坐著討論的假專家。終於，爍風傳來訊息，王姵安兩天後將出現在一場大學畢業典禮中，克堅馬上就前往彰化。

然而，在槍擊失敗後，克堅對爍風的話開始產生懷疑。

他剛才想起，替王姵安擋下子彈的男孩，曾經參加過外星文明的第四次討論。對方使用音波反擊，分明也是同樣吃下綠豆糕、擁有特殊能力的部門同事才對，但那傢伙竟然保護王姵安？

克堅看著私密社團的貼文，貼文寫著：「小心，外星人就在身邊！」

緊皺眉頭的他現在開始認為，自己被派去攻擊王姵安，其實是外星人的自相殘殺計畫，為的就是讓地球人在殺戮之中消耗，外星人便可藉此輕鬆奪下這顆星球。

因此，陳爍風才是外星人。他想殺害的王姵安一定不是，而那個保護王姵安的男孩，大概只是陳爍風的一顆棋子。

陳爍風製作了可怕的綠豆糕，假扮成政府專員，讓人在吃下綠豆糕獲得能力以後，擊殺同樣身為地球人的人……真是不可原諒。克堅打開冰箱，拿出剩下一半的冷凍水餃，把鍋子裡的水煮沸，將水餃通通下進去。

平時克堅如果沒參與外星人研究的活動，都在舉啞鈴健身，維持隨時能戰鬥的狀態。包括最近躲藏於隱蔽處時，他也都在訓練。然後，時時掛念著家人。

水餃在滾水中翻來翻去，克堅將漏勺抬起，再下最後一次冷水。

如果要找到陳爍風……看來得從那個保護王姵安的男孩問起。

克堅找到當初跟男孩的對話聊天室，最後一句還停留在「那就明天見」。

「我們必須談談。」克堅按下傳送，放下手機，朝熱騰騰的水餃吹氣，但還是被燙到舌頭，他放下筷子，喝了大口冰水，接著快速吃掉所有水餃，感到滿足。

把碗筷放到水槽以後，克堅拿著一把藍色剪刀走進浴室，喀嚓喀嚓，把油膩的頭髮剪掉。不確定警察是否還在追捕自己，最好到其他隱蔽處變個裝，製造斷點，然後再出發。

克堅後來終於在櫃子裡找到多年前買的電動理髮器，將五分頭給推整齊。

陰暗的空間裡，他沒開幾盞燈，深怕會引起外星人的注目，他將步槍收入黑色槍袋時，看見窗外的麻雀——身上的寄生蟲。

嘴裡還殘留著綠豆糕的香氣，克堅走到玄關，把靴子換上，出發位於彰化的隱蔽處。其實克堅的家人就住彰化，但他不能回家，以免連累他們。

在綠豆糕吃到一半的時候，克堅就發現超強視力並不能長期維持，在去解決王姵安的那天，綠豆糕就剩下五塊，現在則剩三個。

其實以這離譜的視力來說，克堅大可以從遠距離開槍射殺王姵安，但基於對外星人的憤恨，讓他決定在王姵安面前下手。幸好，也因此沒射中無辜的女孩。

克堅發誓，會讓陳爍風這種外星寄生蟲，消失在美麗的地球上。

3

關於克堅的推論，對了一半。

爍風是外星人，但克堅只是他的棋子，爍風真正的目的，是想刺激敦運，測試敦運如果親眼見到小安死在自己面前，會有何反應。

坐在高腳椅上的爍風，正在向顧客介紹各種口味的綠豆糕，此時，出去倒垃圾的敦運走入店內，爍風的視線移到貼在牆壁的圓形時鐘，差不多該關店了。

客人最終選了經典款綠豆糕，但爍風知道，因為對方的基因，他將不會得到任何特殊能力。

「店長，我同學也得到超能力了！」等待火球糕點掛上休息中的牌子後，敦運急著跟爍風分享。雖然畢業典禮那天，敦運不再生宗弦的氣，但畢業之後兩人就未曾聯絡。

宗弦得到的是超強眼力，他的視覺逐漸變得突出，其實在謝師宴那天，宗弦就想問敦運，綠豆糕是否同樣造成了敦運的變化。最近這兩天，宗弦才真的確信，每次吃綠豆糕都會有視力上的突飛猛進。因此他打給敦運，試著尋求解答。

爍風早就知道宗弦有特定基因，畢竟當敦運把綠豆糕送出去的時候，爍風就已經檢測過。之所以沒跟敦運說，是因為等宗弦親自告訴敦運，會比較有驚喜感。

「他有開始找工作了嗎？你可以找他來火球糕點上班啊。」爍風微笑，將給客人試吃的塑膠盒蓋好，把收銀機的錢清點了一下。

「好像不錯，我再問問看他。」敦運轉頭將門口的綠豆糕排列整齊，又接著說：「所以店長，你們外星人，到底來地球多久啦？」

「確切時間我不清楚，就這樣住下了。」爍風聳肩，沒再多說。他想，在將敦運同化以前，可能不該告訴敦運「同化計畫」的事。

同時也要避免讓敦運知道，是自己安排克堅去攻擊小安。

只是下班後，敦運看到了克堅傳來的訊息。

敦運皺眉頭，盯著手機裡的文字。克堅看到敦運已讀卻不回應，便直接開始解釋一切的緣由。

光頭專員陳爍風，聲稱自己在「獵殺外星人」的機密部門工作，並且招募克堅，要求他殺害第一個目標王姵安。如果克堅知道，目標根本不是外星人，他就會把槍口指向陳爍風。

看著一大串文字，敦運坐在床邊，呆愣著。

「我有證據。」克堅的訊息再度跳出。

敦運跟克堅約好，明天在火車站附近碰面，他要找出答案。

4

咖啡廳裡，上班族、推嬰兒車的母親、休假的人，還有學生都在排隊買咖啡。角落的座位，一位退休人士正在看報紙，他把家裡帶的小包放在隔壁桌的椅子上。敦運走來，問道：「請問這裡有人坐嗎？」

退休人士搖搖頭，把小包拿到身邊，敦運坐下以後，看著與克堅昨日的對話。敦運對於克堅當初想攻擊小安，反而害自己用音波傷到小安，仍感到不太高興，但要是克堅說的為真，那爍風才是罪魁禍首。

十分鐘後，克堅頂著五分頭出現，擠出笑容：「抱歉我遲到，剛剛去停車。」

敦運不打算閒聊，他沒好氣地說：「所以你要怎麼證明，你說的是真的？」

「這是他給我的綠豆糕。」克堅從背包拿出一盒深綠色盒子，上面印的是火球糕點的LOGO。

敦運眼神變得銳利，將身體往前傾，這確實是店裡的經典款綠豆糕，但他還不能那麼快下定論，他質疑：「也許是你自己去店裡買的。」

「店？我根本不知道地址。」

「除了這個呢？還有沒有別的證據？」

「我跟你一樣有特殊能力。」克堅壓低聲音：「他是外星人沒錯吧，我們都被他利用了。」

「你知道他是外星人，還去攻擊王姵安？」

「我是在發現你保護王姵安後，才猜測陳爍風是外星人，他一開始假裝是政府的人來招募我，很明顯就是要讓我們自相殘殺。」

「但是你沒別的證據。」敦運把雙手放在木製圓桌桌面，他也把聲音放小，讓克堅冷靜下來；旁邊的退休人士，眼珠瞄向他們，而克堅則深呼吸，把身體往後靠在椅背。

「不好意思，我們要點餐才能坐在這裡唷。」一位咖啡廳店員來到克堅旁邊。

敦運向對方點頭，接著說：「我知道，剛剛有點一杯飲料。」

克堅看著敦運起身，連忙叫住他：「不然你去質問陳爍風，看看我說的到底是不是真的。」

「當然。」敦運朝著櫃檯走去，跟店員拿取早已製作完成的冰紅茶。

騎著機車，在回火球糕點途中，敦運一直回想剛才與克堅的談話。克堅的眼神不像騙人，但認為政府真的在尋求殺外星人的幫手，恐怕已經長期住在自己的妄想裡。就算政府有在排除外星人，敦運也不認為會如此明目張膽，讓克堅在大庭廣眾下殺人。

回到火球糕點，店剛開，爍風正要把試吃的品項從冰箱拿出來，敦運就開口問起。

「這不是真的。」爍風皺眉，但他心裡懊惱，本來打算讓克堅下手完畢，就解決掉他，結果克堅在舉槍攻擊那天就消失了，爍風去他家附近待了兩天，也沒等到人。

爍風知道克堅一定找地方躲了起來，當初爍風有請住在彰化的外星人跟蹤克堅，但克堅製造太多斷點，所以追丟了。早知道當場直接將克堅除掉，就不會讓他有機會把事情告訴敦運。

「你確定嗎？可是……」

「我們確實有追蹤到他買下綠豆糕。」爍風隨口胡謅：「但他幾乎沒有任何作亂跡象，所以沒把注意力放在他身上。」

「那他怎麼會挑小安攻擊呢？只有你們外星人才知道我和小安的事。」敦運瞪著爍風，在今天以前，他沒想過自己會向店長發飆。

「小心！」爍風注意到射來的子彈，他推開敦運，兩人往右側跌去，撞倒了幾盒綠豆糕。子彈貫穿火球糕點的其中一片玻璃牆，彈孔產生的裂痕，像蜘蛛網般往外延伸。那顆子彈射中了櫃子，把一盒綠豆糕射破，爍風往外頭看，尋找著對方的蹤影。

敦運緩緩抬頭，子彈沒再飛來。

位於樓頂的克堅沒有繼續開槍，在他失手後，他便把步槍和槍袋拿著，往大樓底下走去。他知道要殺外星人，機會稍縱即逝。

與克堅同樣擁有超強眼力的爍風，指著自己的眼睛，凝視遠方：「我認出他了，是鍾克堅沒錯，還留著一顆五分頭。」

敦運心頭一緊，剛才跟克堅約在咖啡廳，原來都是對方的計畫，為的是跟蹤自己，藉此找到火球糕點的位置，並且殺害爍風。

「或許他跟王姵安有仇，這我不清楚，但很明顯他才是殺人犯吧。」爍風緩緩起身，假裝無奈地攤手。

敦運回想起畢業典禮那天，克堅是真心想殺了小安，還有小安暈倒時自己滿心的內疚。儘管在火鍋餐廳的外星文明討論是個不錯的經驗，但克堅的所作所為，實在令人不可原諒。

或許這對敦運來說只是個藉口，讓他有理由使用音波攻擊別人。

爍風瞇眼說道：「他在那棟樓，還沒在一樓出現。」

看著敦運走出火球糕點，爍風仍站在店裡，要是事情順利，敦運還能幫忙解決克堅。

不過要是這樣，實驗恐怕就會照著自己當時的走向。

那就沒什麼意思了。

5

十五年前。

爍風就讀國中一年級，他在地球出生，是個土生土長的地球人。

就算霸凌事件已經有人開始關注，但絲毫沒有改善的跡象。畢竟在人們發現此類事情的時候，霸凌早就存在於社會很久、很久的時間。或許連原始人都有相關的行為。

爍風在學校整天被打，常常鼻青臉腫的他，也不明白為什麼會是自己。

打他的人總是嘻皮笑臉，那群人的臉龐，都在陰暗的影子下一片漆黑，笑聲卻清晰地貫入爍風耳裡。身體的疼痛，看似會復原；心裡累積的損傷，卻越來越嚴重。

校慶運動會當天，爍風逃出班上幾個流氓的手掌心，卻在翻牆以後，遇到外面的凶神惡煞，爍風才一恍神就被打出了鼻血，紅色滴得他鞋子都是。

爍風摀著鼻子，覺得鼻梁歪掉了，覺得嘴裡好鹹。

班上的流氓跟外頭這些人屬於同個幫派，爍風本來就經常成為他們的沙包，而且怎麼樣也不會習慣這種事。

為什麼國小時的快樂，在升上國中以後，就瞬間變調？

爍風跪在地上，大口喘氣，粗糙的石子地刺痛著他的膝蓋，血的氣味充滿鼻腔，他感到有點昏沉。

「哈哈哈，這小子怎麼都打不死啊。」其中的金髮男發出尖銳笑聲。

「智障喔，打死人還得了。」另一個平頭雙手插腰，扭扭腳踝。

「警察來了！」忽然，遠處一聲大喊，又再一聲：「警察來了！」

幾個凶神惡煞像洩了氣的皮球，一哄而散。他們根本沒有確認，是不是真的有警察。

爍風待在原地，抬頭尋找聲音的方向，一個看起來才國小的男孩，背著書包，似乎剛下課。

男孩是當時讀小學二年級的敦運。

敦運長大後，早已經忘了這件事，他更不會相信自己這麼勇敢。

爍風卻記住了他的模樣。

6

敦運看爍風能自行起身，便跑走了。

爍風用衣服擦掉臉上的血，他考慮直接回家，不打算回去參與運動會的閉幕，也不在意班上大隊接力的成績。只是他沒走幾步，就暈了過去。

疼痛幾乎消失，爍風睜開眼，視線從模糊變清晰，他發現自己躺在湛藍色的床上，沒蓋被子，身上的衣服除了血漬，沒什麼異狀，但他覺得不太妙。

頭頂的天花板是圓弧形的，灰色，材質不知道是哪種金屬，爍風認為是鐵，他緩緩坐起，床鋪相當地柔軟舒適，但這讓他更加感到詭異，自己可能是被什麼人綁架，然後對方為了安撫他，給了一個看起來完美的空間居住，但其實是座牢房。

門口傳來腳步聲，映入眼簾的景象，令爍風目瞪口呆。

一個綠色人形生物，有兩顆黑色大眼珠，鼻子又尖又挺，像是能發射子彈。

「這是哪裡……」爍風輕聲說，雙手撐著大腿還是渾身顫抖，眼前這個綠人，很明顯是外星人，或地球上未曾發現過的奇異生物。

「我們給你，抵抗邪惡的力量。」綠人吸吸鼻子，露出微笑。

爍風遲疑了一下，綠人把話說完：「要嗎？」

給我力量？爍風不確定有沒有任何代價，但他點點頭，因為自己也沒什麼好損失。

「好。」綠人伸出黏稠稠的手時，爍風才注意到他掌心的針筒。

針筒裡面的藥劑透明無色，爍風也沒空去想綠人說的話是真是假。

「你叫什麼名字？」

「陳……爍風。」爍風說：「你呢？」

「吳志廷。」

綠人為了生活在此，同樣也有著一般人的姓名。

針頭離開爍風的手臂，爍風沒有任何感覺，他坐在原地等待，志廷也只是走到一旁，拉了一只青綠色的小沙發坐，上面還有個火球圖案。

「接下來是這樣的。」志廷說：「你會得到某種能力，擁有地球人比不上的力量。雖然我現在長住地球，也能算是地球的一分子吧。」

爍風的身體慢慢放鬆，志廷的身體卻開始有了改變，從皮膚的顏色，到臉部形狀，都變化成像爍風這樣的普通人。

「我們沒有想要侵略或是殺戮，現在實驗開始了，而你，就是實驗對象。」

「什、什麼實驗？」

「我們的科學家想要測試人類，如果擁有絕對的力量，會選擇做善事，又或是作惡。」

志廷此時看起來三十幾歲，俐落短髮，深邃的雙眼和鷹勾鼻，看起來有點帥氣。

志廷露出淺淺微笑：「你現在知道了實驗內容，可以試著保持善良，或是盡情玩樂，撕裂這個對不起你的世界，我們想看你會如何抉擇。」

究竟「善良實驗」會有什麼結果，志廷也不確定，因為爍風是實驗對象一號。

爍風深呼吸，感覺身體毫無變化，倒是周遭的金屬牆壁、屁股下的床，還有圓弧天花板，都逐漸換了模樣，變成一般家裡會看到的雙人床、有崁燈的天花板，和裂出細縫的白牆。

轉過身，爍風跑下床。從窗戶看出去，夜色朦朧，但熟悉的捷運站出入口就在樓下。

「有時我會用投影技術，營造我家鄉的氛圍，不過等一下修理冷氣的師傅要來，可不能被他發現。」志廷從小沙發站起，然後說：「你可以自己回家吧？」

爍風點頭。

志廷把爍風送到電梯口，就順便下樓等待冷氣師傅，這時的爍風還沒發覺，自己已經擁有藥劑所激發出來的巨大蠻力。

7

家裡無人，屋內的擺設樸素，一個老舊黑色沙發與液晶電視之間，放了張長方形茶几，茶几上堆滿報紙、帳單，還放了剪刀跟菸灰缸。

爸爸應該去工作了，媽媽則是到南部拍片。爍風覺得兩人都很辛苦，爸爸為了撐起家計，上的都是大夜班，聽說媽媽在生下自己以後，身體變得很差，每天又要獨自照顧他，長期處在高興不起來的狀態。直到媽媽投入喜愛的電影製作後，才重拾笑容，儘管這讓爍風很少有機會與她相處。

爍風洗了澡，鑽進被窩，很快就入睡。

接下來的週末，本來有緊接著運動會的校慶園遊會，但爍風在昏睡中度過。神奇的是，當他星期一醒來以後，像是從巨大的疲憊中甦醒，並且充滿了精力。

今天一樣，醒來準備上學時，爸爸正在睡覺，晚上又要再去工廠。爍風和爸爸在家同時清醒的時間，幾乎沒有重疊，因此爸爸通常不太注意到爍風身上的瘀青。

至於媽媽，她確實曾經問過爍風怎麼了，但爍風為了不再讓媽媽回到從前，回到那個需要投入心力照料孩子的痛苦狀態，他只說自己是摔倒受傷。

背起書包、綁好鞋帶，爍風走下樓梯。

儘管爍風抗拒著上學，但為了不讓爸媽擔心，他一定會出現在學校，免得老師打電話到家裡關切。

同樣的座位，但抽屜被塞滿垃圾和果皮，爍風拉出椅子坐下，把不屬於自己的東西全部從抽屜拿出來、丟到地上。

這時，班上常常找他「玩樂」的兩個同學走了過來。

「唉唷！很兇欸。」太錢推了爍風一下，腳尖將香蕉皮踢開。

「今天怎麼這麼晚來？」齊雄把臉湊近，距離爍風的額頭只有五公分：「是不是，怕我們打你啊？」

爍風把頭低下，看著深綠色桌墊上的橡皮擦屑，用手指搓它，桌墊上有幾道美工刀的割痕，就像自己傷痕累累的身體。

「不要怕嘛，陳爍風。」齊雄伸手按壓爍風的肩膀，把臉湊到他耳邊：「我爸有教我按摩的技法喔，你沒有爸爸，一定不明白。」

「我有爸爸。」

「什麼？你沒爸爸？園遊會的時候也沒看到，而且你怎麼沒來啊，怕囉？」

「嘿嘿。」在一旁的太錢，用手戳了一下爍風的胳肢窩。

爍風反射性將手臂夾起來。

竟然把太錢的手腕夾斷了。

「啊！」太錢的眼淚從眼角湧出，他拚命大喊尖叫，聲音大得讓班上同學紛紛轉過頭看。

齊雄瞪大雙眼，冷汗直冒，太錢的手還被爍風夾著，他拍打爍風，喊著：「你放開王太錢。」

爍風這才發覺力量盈滿全身，自己力大無窮。

外星人志廷施打的藥劑，真的產生了效果。

太錢使勁將手拔出，爍風卻因為被自己的力氣嚇到，緊張到夾得更緊。

現在可好了，太錢皮膚底下，手掌的骨頭已經跟前臂分離了。

「放開他！」齊雄一拳揍向爍風。

爍風反射性地，舉手擋住。

這輕輕帶動的力量，讓齊雄的手造成粉碎性骨折。

此時，爍風緩緩睜開因為要被揍而趕緊閉上的眼睛。他看見在地上打滾的太錢，還有一直蹦蹦亂跳的齊雄。

他明白，自己再也不用害怕別人的欺侮。

當同學們急忙圍過來，有些人去找老師的時候，爍風正揮出一記記重拳，把太錢和齊雄打得亂七八糟。

太錢和齊雄只是望著天花板，納悶爍風怎麼會變得如此強悍。

爍風已經有收力了，他不打算讓太錢和齊雄死亡，就像他們以前也未曾殺了自己。

有的同學想勸架，但沒人敢伸手拉住爍風，其中不乏同樣被欺負過的人，他們暗自竊喜。兩側的桌椅傾倒，抽屜的課本和考卷灑了一地。

揚起笑容的爍風，從來沒有如此自信。

以前爍風被欺負的時候，老師沒有幫過他，現在老師來了，不好意思責怪爍風，只是唸了他幾句：唉呀，別打了，上課時間到了，別把教室弄那麼亂。

8

漸漸地，爍風成為班上的老大。

校外的兇神惡煞被爍風痛扁一頓，但一個月後，爍風發現自己的力量開始消失，他深知兇神惡煞可能會來報復，因此回去找外星人志廷。

爍風並沒有想拿巨大力量做任何壞事，他只是希望可以保護自己。

志廷答應，而且提醒爍風，不需要解釋他做任何事的原因，善良實驗會持續進行，而他們會持續觀測。

就這樣，爍風定期注入藥劑，但日子也過得風和日麗，上課、考試、放假，很是平凡。

然而，太錢在國一暑假前夕傳來消息，因為爍風的力量實在太過誇張，幫派準備出動槍枝，甚至想殺死他。

爍風是稍微心急了，藥劑帶給他的力量，讓他一次就將幫派分子撂倒。他們的子彈通通沒有射中爍風。本來想單純打暈那些惡霸，但爍風施力不當，第一次殺了數人。

此後，他內心的善良開始變化。

他恐懼著會有更多人來找他麻煩，就算暑假可以一直躲在家裡，也怕幫派會找上門。太錢說，他們被打得太慘，已經不敢再動爍風一根寒毛。爍風沒有把握，所以就算暑假相當平靜，他也持續找志廷施打藥劑。

不過爍風認為這不是長久之計，因此計畫取代志廷。

爍風發現唯一的身體異狀，便是頭頂上的毛髮開始大量掉落，洗完澡、吹完頭髮，浴室和客廳的地板都是一根根的黑毛。

志廷家是三房兩廳，不過只有他一個人住，搭捷運過來的爍風，坐在客廳的沙發上，輕輕喝著志廷泡的紅茶。

爍風盯著電視正在播放的卡通，卻把注意力放在志廷身上。

「國二的課業有變重嗎？」志廷從廚房拿出切好的蘋果，走到茶几旁。

「還好。」爍風移動屁股往沙發裡面坐，他握緊拳頭，伺機而動。

反正也不是第一次殺人了，爍風把呼吸放慢。

「你知道為什麼，警察沒去處理幫派死傷嗎？」志廷的身體沉沉坐入沙發。

「咦？」燦風搖搖頭，將手鬆開，拿起一塊蘋果咬下。喀滋，蘋果既脆又很多汁。

「因為我們在警方和幫派那邊，都有臥底，警察拚命轉移案子的焦點，為了不讓你的能力被發現，幫派的組長則要兄弟停手，別再找你麻煩。」志廷微笑：「說臥底有點奇怪，畢竟我們跟地球人，並不是敵對關係。」

「你們……究竟有多少人？」

「我們種族，大約二十年前來到地球，當時只有幾千人，但我們分頭之後，在各地安頓下來。到了現在已經有十萬人，生活在這顆星球。」

「十萬！」燦風有點驚訝，但他小心謹慎，還沒出手。

「不過各大洲分布的人數有點懸殊，目前在台灣，只有一千人左右。」志廷瞇起眼睛，盯著燦風的手背，說：「我曾告訴過你，藥劑可能會觸發三種能力的其一，而當中的超強眼力，是連你手部肌肉的顫動都能輕易看見。」

燦風心撲通撲通，好像從來沒跳這麼快過，他吞了口口水，把成泥的蘋果嚥下。

「不過你也不用殺我，然後把藥劑占為己有啦。」志廷幽幽地說：「因為你現在也已經是我們的一分子，不需要再用藥劑來激發能力了。」

呆若木雞的燦風，皺起眉頭。

「首先，你的頭髮將會逐漸掉落，然後開始變化，當你完全成為我們的族人以後，要是表現良好，甚至藥劑觸發的三種能力你都能擁有。」

「我可沒答應這種事！」爍風站起來，往窗簾那側後退。

「畢竟先問你，恐怕會得到不同的答案。但你已經見識過那些能力的強大，現在來選擇，你應該會選我們吧？」志廷露出綠色型態，綠色黏液像是連著身體，又像不斷冒出的分泌物。

他們的種族特性，就是能隨意變形。

在家鄉，志廷的族人被稱為變形人。

接著志廷說出他們的「同化計畫」，除了善良實驗，他們替人類施打藥劑就是為了這個計畫，想慢慢將地球變成自己專屬的星球。目前人數是越來越多。

爍風大吼，正要揮拳時，志廷張嘴發射出音波。

音波鑽入爍風耳裡，隨後爍風成了志廷奴役的對象，爍風將一起完成這項偉大計畫。

9

雖說變形人這個種族是全部一起來到地球的，但進行善良實驗和同化計畫的其實是兩派人。前者是開發藥劑、點燃基因讓能力顯現的科學家，後者則是為了尋找居住地而來到地球的管理階層。

志廷是科學家，但他也被推選當作管理階層的經理，當年身為變形人菁英的他們，研究出激發三種能力的藥劑，卻被家鄉星球的另一種族——也是星球的統治者——以意圖掀起革命為由，將變形人趕出家鄉。

變形人離開原本居住的行星，經過數年的外太空漂流，來到遙遠的地球。

隨後，變形人的領導者與管理階層訂下規定。

每個有特定基因，因此有特殊能力的變形人，將會被賦予更多的責任。

其他沒有特定基因者，需通過審核，才能以基因編輯來獲取能力。

那些普通的變形人，有的只想安穩度日，便不打算申請編輯；有的則勇於承擔，在得到能力之後，負責在各國進行同化計畫，以針頭、瓦斯、藥品，各種方式將地球人修改成變形人。

持續鑽研藥劑的科學家，後來發起實驗，想觀察人類擁有強大力量會做出何種舉動，因此將能力激發藥劑，和同化藥物合而為一。

科學家和管理階層，都覺得生活在地球上，越來越得心應手了。

在爍風第一次遇到志廷後，已過十三年，位於台灣的變形人，已有上萬。

升高一時，爍風頭髮就通通掉光，他跟爸媽說是自己想要光頭造型，爸媽也沒什麼意見。雖然同學都偷偷笑他，但爍風試著不去理會，而且要是再把人斷手斷腳，肯定會造成麻煩。現在他已不再是志廷的實驗對象，他是變形人，有責任在地球上減少衝突。

大學時期，爍風就讀化學系，畢業後沒找工作，因為志廷把他留在身邊幫忙。而且志廷的催眠音波，也讓爍風無法拒絕。

雖然爍風算是接受自己身為變形人的事實，但他還是會把志廷認定是外星人，而自己還是地球人。

志廷今年已經八十歲了，臉上皺紋卻只多了幾條，在地球人的眼裡算是中年男子，雖然他可以變形成年輕人，但因為周遭有熟識的鄰居朋友，他便要隨著時間改變。

可就算志廷再怎麼變形，身體也因為時間流逝，開始變得力不從心。

「魔力聲音」是志廷出生就有的基因，而「超強眼力」則是透過基因編輯得來，在變形人中，志廷已是德高望重，曾有人建議志廷將基因再次編輯，以獲取第三種能力「巨大力量」，來減緩生活的不便，他只揮揮手，笑著說不用那麼麻煩。

這一切，爍風都看在眼裡。

此時此刻，爍風的行為仍遭到控制，然而他發現控制權漸漸回到自己手上。

同化計畫是個漫長的工程，也必須如此，假如變形人一次將大量地球人同化，會因為生態大幅更動，而造成浩劫。所以要慢。不過再慢，也會輪到爍風的父母。

「您好，這是我們的保健食品，給您一小組試吃，如果喜歡可以再向我們訂購。」一名年輕男子坐在爍風家，跟爍風的爸爸說話。

爍風爸揉著眼睛，伸展手臂，把粉色的小盒健康丸拿在手中。

「我也不太吃這種……」

「您試試看，畢竟您也是上大夜班，更需要補身體啊。」年輕男子起身，他的白襪子很整潔，穿的卡其褲和襯衫也都是新的，這讓爍風爸對他印象加分。

「所以不用先給錢吧？」

「不需要，試用而已，喜歡再買。」年輕男子走向玄關，穿上鞋子時幾乎無聲。

爍風爸在新換的白色沙發上移動屁股，最近他還換了其他新東西，像是手機，還有安全帽。他發現東西壞了一直不換只會給自己找麻煩，而且新手機效率高，新沙發賞心悅目，讓他在勞累的工作裡，生活品質大大提升。有時大夜下班回家，他就直接躺在舒適的新沙發上睡覺。

不過出現橫線條的電視螢幕還沒換，爍風爸正在研究要買哪款。

「爸，怎麼有人來我們家？」爍風推開家門，看向盯著保健食品的爸爸。

「他推銷保健食品啦。」爍風爸將粉色盒子拋出。

爍風接住的時候，愣了一下，他認出這種保健食品，正是某幾個變形人用來同化地球人的藥物。鞋子沒脫，爍風走了出去，在一、二樓的樓梯間逮住那名年輕男子。

雖然工作範圍都在台北，但爍風不是為了搶客戶。爍風舉手，一股蠻力將男子的心臟搗碎，男子沒變回綠色黏液人，變形人現有的變形機制，是以當下型態死亡，為的是不引起大眾恐慌。

爍風回到志廷家，這時的屋內是金屬材質，天花板的弧度像一顆蛋，孵育著變形人的願望。志廷最近很常想家，許是上了年紀，讓他開始懷念從前的風光和隨時的活力。

「你怎麼回來了？」志廷看見爍風時，露出訝異。

「我不能讓你傷害我家人，就算我還在你的掌控之中。」爍風瞪視著志廷，多年來，自己根本不是自願幫忙，嚴格說起來，他現在還是志廷的奴隸。

壓力一旦超過臨界點，通常都會引起反撲。

這是爍風豁出去的嘗試。

他沒有猶豫，衝刺過去的揮拳，相當冷靜。只要夠快就能成功。

「我早就知道你會這樣做。」志廷無奈地笑，接著深吸口氣。

爍風沒有料到，就算志廷全身退化，還是能奮力一搏。

志廷張開嘴巴。

以爍風為對象的善良實驗結束之後，志廷就在等待這個時刻。志廷做了準備。

生命最後一次音波，也是最強的一次。

音波釋放。

同時，爍風的重拳砸碎志廷的臉，歪曲的鷹勾鼻很快變成肉屑。

志廷的眼力看得很清楚，也明白躲不過這個命運。

周遭開始變化，志廷倒下時撞上投影機器，讓屋內整個金屬裝潢恢復成原本的白牆、L型沙發、黑色電視。

志廷的皮膚慢慢變綠，毛細孔浮出綠色黏液，他比較喜歡這個樣子。

雖然他的頭已經少了一半。

他不確定要求爍風繼續進行「同化計畫」和「善良實驗」的催眠，能夠持續多久。

反正自己是無法插手了。

10

過了兩年，爍風在高雄找了間店面，那裡就是後來的火球糕點。

之所以會來南部，是因為爍風阿嬤家就在高雄，爍風喜歡溫暖的地方，雖然阿嬤在他小學一年級就過世，但他仍記得這裡的溫度。

其他的變形人沒有懷疑爍風，他們知道志廷確實是老了，變形人沒有所謂的葬禮，也沒人提出想檢查志廷的屍體，因為爍風說志廷死的時候，是綠色型態，需要盡快處理。

爍風申請將「同化計畫」的責任範圍改為高雄，但「善良實驗」則是科學家自由尋找實驗對象，爍風在志廷的推薦下，早已是合格人員，因此，爍風有時會在台灣各地尋找適合的人選。他甚至因為做事認真，透過基因編輯獲得了「超強眼力」。

某日，爍風到台北與變形人開會，當天下午就看到因失戀而失落的敦運。

爍風認出敦運是國一他被校外的凶神惡煞欺負時，幫忙大喊警察的男孩。

這真是再好不過的實驗對象了。

爍風找上克堅，預計讓克堅狙擊小安，藉此刺激敦運。

另外，爍風也來到彰化，參與一個活動。那是多媒體系的大三成果發表。

「你們明年就要畢業啦。」爍風張大眼睛，而正在向他介紹作品的，是本次最佳動畫的導演小安。

「對啊，明年會有更盛大的畢業展，歡迎來參加喔。」小安笑容滿面。

「這麼遠的事，誰也說不準呢。」爍風打開手中的餅乾包裝：「希望到時候有空，妳的作品真的很好看。」

「謝謝。」小安點點頭。

「送妳吃。」爍風從手裡拿出另一塊咖啡色的燕麥餅乾，遞出名片，說自己在高雄經營糕點店。他沒說的是，餅乾裡除了正常食材，還有他特製的藥劑，能讓月經暫時停止，並且短期提升人類絨毛膜促性腺激素濃度，讓驗孕棒驗出紅紅的兩條線。

爍風覺得自己身為科學家，似乎是蠻厲害的。

沒多久，小安以為自己懷孕，並且打給敦運。

善良實驗從這裡開始。

11

爍風踩過店裡的碎玻璃，走到外面，儘管他有所謂的千里眼，也沒辦法透視，他只能看見敦運過去對面那棟樓，接著克堅在一樓出現，往捷運站跑去。

民眾因為玻璃牆碎裂，紛紛靠過來瞧，爍風揚起笑容，說只是被丟石頭。

雖然還是有人報警，但現在重要的是進行善良實驗的觀測。

爍風邁開步伐，跑了起來。

本來爍風的實驗計畫，是讓小安假懷孕後，使敦運受到刺激，再安排小安死在敦運面前，試圖觸發敦運心中的不滿。

儘管克堅失手了。但這卻讓敦運的情緒更加壓抑，強烈的情緒拉扯以後，發現小安的肚裡沒有小孩，瞬間把敦運拉向極度負面的一端。那刻開始，敦運隨時都會爆炸。

爍風以為善良的敦運會原諒小安，所以當敦運在醫院轉頭離開，著實令爍風有些驚訝。之後邀請敦運來火球糕點工作，則是為了方便進行實驗觀察。

克堅再度成了變因。

爍風在想，接下來敦運只要殺了克堅，恐怕就會和當年的自己一樣，因為得到太過強大的力量，而為所欲為吧。

捷運站出口，克堅瞇起眼睛，遠遠就看見追來的敦運。

樹上葉子被太陽曬得發亮，石磚地面越來越滾燙，敦運的一顆顆汗珠，在克堅眼裡清晰可見。雖然自己的目標是萬惡的外星人，但要是地球人助紂為虐，他也不能手下留情。

綠豆糕觸發的能力，讓克堅擁有內建準星，他瞄準敦運的眉心，沒有猶豫。

隨後克堅扣下扳機。

敦運倒下。

第四章 正義三人組

1

像是反射動作般，子彈快要觸碰到自己時，敦運的喉頭顫動，音波從嘴裡竄出。

子彈被音波彈開，敦運順勢後倒，跌坐在地上。

一名男子走到旁邊，拇指和中指夾著一顆彈珠，食指用力將彈珠擊出。

要是普通人，彈珠頂多彈個幾公尺遠，男子卻讓彈珠陷入距離自己八十公尺的，克堅的手臂中。克堅咒罵，隨後把步槍塞入槍袋，逃離現場。

「要是更遠，我應該看不到。」穿著夾腳拖的男子，雙手插入口袋，看向緩緩爬起的敦運。

敦運皺眉，眼前的中分頭男子，好像有點熟悉。

「我也看過你，你是姵安的男朋友吧。」男子說。

「對。」敦運愣住，他在社群網站見過這人，當初以為小安跟她口中的學長在一起，敦運查到學長的名字叫徐仲哲。但在得知小安根本沒與學長在一起後，敦運對學長的敵意就徹底消失。不過敦運有點嫉妒，學長好像稍微帥過頭了。

「她有天突然來系上，問一些社會學的事。」仲哲笑道：「本來還以為是自己太有魅力，原來她是為了動畫情節想做田野調查。」

敦運想起小安上學期的動畫作業，她製作了一部諷刺虛偽社會的作品。諷刺的是小安竟然假裝自己懷孕，敦運想起來仍心有不快。

「你們沒事吧？」爍風滿頭大汗，他雙手放在腰上，深呼吸。看見敦運還保有理性，算是稍微放了點心，雖然克堅還活得好好的，是有點棘手。

「嗨。」仲哲跟爍風打招呼，他在火球糕點開幕當天，買了綠豆糕。那時沒有特別的開幕活動，仲哲發現家裡附近有新開的店，便走進去逛逛。五天後，仲哲透過綠豆糕激發了「巨大力量」。爍風也早就確認仲哲有特定基因，並且加以追蹤。

不到一個禮拜，仲哲再次光顧，一次買下好幾盒經典款綠豆糕，爍風沒與他進行太多交談，兩人好像有股默契，都深知綠豆糕不是普通經典。

仲哲持續食用綠豆糕，然後找空地開始測試能力，揍樹、踢足球，還揹著二十公斤的磚頭走路，卻感覺輕而易舉。仲哲喜歡各種色彩的彈珠，時常去買用網子裝的那種，他認為空有蠻力不夠，便讓小小的彈珠，成為可怕的遠距離武器。

仲哲第三次出發前往火球糕點，就是現在，他才剛走出巷子，便看見敦運，很自然就伸出援手，畢竟敦運怎麼看都像是受害者。

「還是你在追殺對方？」仲哲笑道。

「我確實想找他算帳。」敦運聳肩，他看向爍風，問起火球糕點裂開的玻璃牆該怎麼辦。雖然要跟警察解釋，不過還算簡單，因為火球糕點附近有許多變形人，警局裡也有三個。爍風說不用擔心，隨後往店的方向走。

跟在後頭的敦運，想到等一下要打掃凌亂的環境，就覺得麻煩。

仲哲提起要再多買幾盒綠豆糕，他對於爍風是外星人有點驚訝，一開始還以為爍風是某個政府部門的瘋狂科學家，研發了神奇的綠豆糕要測試民眾。

敦運回到工作崗位，像是一切如常，但他在用音波擋下子彈時，體會到身體與能力相輔相成的美妙，能辦到這類事情的暢快感，在他心中生根發芽。

2

宗弦兩個月前受到敦運邀請，但他並沒有去火球糕點。

畢業後宗弦在新竹的一間餐廳工作，結果巧的是，隔一週就被老闆請求去高雄新開的分店支援，既然有獎金，宗弦也就答應。在高雄跟敦運碰面以後，敦運介紹了學長仲哲給他認識。

「你要多吃點啦。」敦運把單包裝綠豆糕丟向宗弦：「你有發現自己的能力變弱嗎？」

「確實有。」宗弦本來能輕易數出老人臉上有幾條皺紋，現在已有些吃力。

宗弦在餐廳工作已經常常吃得很好，現在每天又會吃個幾塊綠豆糕，感覺要胖死了。不過綠豆糕甜而不膩，真的令人愛不釋手。

至於仲哲，多數時間都待在彰化，不是上課就是寫論文，但到了週末他通常會回高雄，因為女朋友就在高雄工作。

當初敦運在仲哲位於彰化的租屋處外，聽見的劇烈叫聲，就是來自跟仲哲同年的女友。仲哲和女友高中同校，升上大學後，女友待在高雄，仲哲跑到彰化，兩人後來仍靠線上聊天點燃愛火。本來仲哲回高雄，大多是為了見女友，最近倒是更常與敦運和宗弦聚會，他們都有超能力，聊天話題也比較沒有侷限。

「他在幹嘛，欸他是誰？」

「就白癡啊哈哈，這部片好無聊喔。」

一對情侶坐在敦運的前面，從電影開始聊到現在。劇情走到一半，敦運終於快忍不住了，影廳內的舒適座椅，再也無法安撫自己的情緒。

不過當敦運要開口時，仲哲一把將前面男子抓起，甩到下一排座位。男子咒罵，身體疼痛得無法馬上站直，女子尖叫，對著仲哲吼：「你在幹嘛啦！」

「看電影不要講話。」仲哲大聲回應。

爬起來的男子本來想做些什麼扳回顏面，影廳後方卻有其他觀眾拍手叫好，並叫他們兩人滾出去。儘管有些觀眾因此而受到干擾，但多話情侶離開以後，那些觀眾便沒再聽到任何聊天的窸窸窣窣，終於能夠專心觀賞電影。

不過，坐在影廳倒數第二排，並非要看電影的男子，是最近剛從高雄隱蔽處離開的克堅。

上次暗殺爍風失敗，避了足足一個月的風頭，綠豆糕剩下兩塊，要是自行購買又會被追蹤，請人代購想必也是。克堅暗忖，大概還會有兩次完整的機會可以把爍風殺死，不過他要一次完成。

3

火鍋店的燈光為冷色調，熱騰騰的湯頭流入喉嚨，敦運還在咀嚼五花牛，筷子沒停，繼續將煮久而變得相當軟的高麗菜送進嘴裡。

「再點幾盤？」仲哲口中塞滿了肉，他的食量是三個人裡面最大的，不確定是不是得到巨大力量的副作用，讓他的食慾比從前還誇張。

「當然！」宗弦拿出手機，線上點餐的頁面，顯示他們已經點了四十盤。

敦運喝了一大口加冰塊可樂，隨後打了個大飽嗝。

「快快快，要吃哪些。」宗弦注意到只剩兩分鐘可點餐。

「都來。」仲哲把最後一盤肉放入鴛鴦鍋的壽喜燒湯頭裡，鮮紅的肉片很快變色。

在剩下三秒的時候，成功送單，低脂牛、五花牛、五花豬、梅花豬，每種各兩盤。

敦運去自助吧重新裝滿可樂，順道夾了幾塊豆腐和一點青江菜。剛走回來，服務生就送上肉盤。

「我們沒有點羊肉。」宗弦叫住服務生。

「是嗎？」服務生愣住：「可是你們……」

敦運緩緩坐下，宗弦打開手機，盯著螢幕上的點單頁面，確實有一盤羊肉。這時旁邊一桌的三個男子，小聲地笑著。

「沒關係，我們也可以吃。」敦運跟服務生道謝之後，細細品嚐飲料。

服務生放下手裡的小平板，幫忙收掉幾盤空肉盤。

仲哲和宗弦向敦運點點頭，敦運為了確定沒有誤會，便轉頭對隔壁桌客人說：「請問，你是不是掃到我們的點餐條碼？」

「啊，好像是欸，不好意思！」捲頭髮的男子道著歉，卻嘻皮笑臉。

「你等一下火鍋吃到一半，會把自己的臉塞進去。」敦運挑眉。

充滿魔力的音波讓捲髮男子坐正，其他兩個朋友問他話，他只說：「沒事啊，繼續吃。」

可樂的甜味在嘴唇間淡去，敦運忍住笑，撲通，隔壁桌的捲髮男身體前彎，整個頭直接往麻辣湯裡撞去，整鍋翻倒，濺得到處都是。

捲髮男的兩個朋友咒罵著，他們褲子火紅，大腿被燒得滾燙。

午餐到了尾聲，敦運他們去裝熱門的品牌冰淇淋，配著這場飯後餘興節目，還算滿意今天這家火鍋店。

敦運、宗弦還有仲哲走在雜亂的人行道上，散步了十幾分鐘，來到一處公園，在附近的石椅上休息。

「外星人什麼時候會現身，告知大眾自己的存在啊？」宗弦翹著二郎腿，看似輕鬆，但他銳利的雙眼凝視著遠處四十公尺的一位女性，她正蹲下來摸流浪狗，宗弦滿意地欣賞著那若隱若現的乳溝。

「他們不就已經現身了。」仲哲手指緩慢移動，掌心的四顆彈珠滾來滾去，敲擊出聲響。

「噓。」敦運注意到旁邊的中年男子正在偷聽，外星人的事可不能隨便被聽見。他轉過頭，發出音波，一字一句鑽入中年男子的腦袋：「你聽到我們聊的話題了，那就是你劈腿公司女同事，去跟老婆承認吧。」

中年男子像是聽話的機器人，起身，往家裡走去。

「仲哲，你什麼時候回去彰化？」敦運說。

「晚一點。」

「我答應明天要陪我表弟去參加一場活動，所以今天也要去彰化。」

「走啊，可以一起。」

「竟然要丟下我。」宗弦的注意力，還停留在女性的胸部上。

「不然你也來啊。」敦運站起身。

宗弦搖搖頭，他還要上班。有時他會覺得超強眼力有點困擾，因為視力太強，工作期間看見女生肌膚上的汗珠，隨著地心引力往下奔流，他都無法專心。

敦運則是先跟爍風請了假，很久沒看到表弟和外公外婆了，好像也蠻想他們的。

4

在外婆家住一天，敦運晚上聽了一大堆外婆聊的鄰居八卦，還有外公提起隔壁的阿華。

「阿華喜歡誠雅，我怎麼不知道？」外婆收拾著碗筷，抬頭。

「大家都看得出來，只有妳看不出。」坐在木製沙發上的外公拿起泡好的茶，嘴唇在茶水邊發出咻咻聲。

「敦運，你媽最近怎麼樣。」

「不知道欸，畢業典禮隔天回去一次而已。」

「那你彰化租的地方不用搬家喔。」外婆把喝剩一半的湯鍋用保鮮膜包好。

「我直接搬去高雄啊。」敦運轉身，將切塊的蘋果拿到咖啡色茶几放。

外公拿起蘋果塊，咬碎，皺紋被笑臉擠得更深：「哇，好甜。」

洗完碗筷後，外婆碎唸蘋果怎麼都變黃的啦，但還是開心地吃著，說敦運很乖。

維哲的活動是班上自己舉行的聚會，剛升上四年級的他們，雖然離高年級分班還有將近一年，大家還是決定多辦幾次同樂會，留下美好回憶。地點在一間速食店，家長負責收錢，還有叮嚀孩童們不要太吵鬧，不過速食店的二樓，還是充滿了四年六班孩子們的笑聲。

兩位家長喝著奶昔，在旁邊閒聊，一個爸爸享用著巨無霸漢堡，也有同學是跟阿嬤來的，不然就是把孩子放在這，晚點再回來接他。敦運忽然覺得，應該讓外公外婆帶維哲來就行。

敦運手肘撐在灰色長桌上，另一手拿起兩根薯條，沾了番茄醬再放進口中。他坐的位子離其他家長較遠，因為他不太擅長跟陌生人聊天。

看見幾個女同學不是在遊樂區玩，而是在角落討論網路節目，也是挺有趣的。這時，敦運想起維哲在班上有暗戀對象。

「呼。」維哲撥弄溼答答的瀏海，跑來桌子旁邊，拿起冰紅茶咕嚕咕嚕狂喝。

「你流太多汗了吧。」敦運吸了口雪碧。

「沒有偷喝我的喲。」

「當然沒有，欸等一下。」敦運拉住維哲，小聲地說：「你喜歡的是哪個？」

維哲的笑臉瞬間垂下，但敦運告訴他，自己有辦法可以讓對方喜歡上維哲。

「你騙人。」

「我沒有。」敦運抿著嘴，他不打算使用音波，而是用誠懇和——

一塊綠豆糕。

「這是什麼？」維哲拿走敦運手裡的經典款綠豆糕，上面的字樣寫得很清楚，但維哲還是要問。

「上學時先把這個吃掉，一段時間之後，你會發現自己變得不太一樣，那時就是告白的信號。」敦運微笑，把邊緣微焦的薯條咬斷。

維哲研究著綠豆糕的包裝，上面明明除了營養標示，沒什麼其他資訊，看起來相當普通。

「要是你吃了沒感覺，就當作沒事，彷彿一切都沒有發生。」敦運摸摸維哲溼透的頭髮，拿出舅媽幫維哲準備的毛巾，替維哲擦汗。

5

七月分的時候，小安就到一間動畫公司實習，昨天剛完成一部電影的片頭動畫。小安在學校製作的影片，通常都是純動畫，並沒有實景拍攝，不過主管這次讓她參與的案子，是部即將上映的電影，還邀請了知名演員參與。

「姵安，導演說動畫做得很好，她還說，妳在片頭帶入一點劇情，真是太有創意了。」主管人很親切，就是工作給得多了點，雖然時間都算充裕，但小安常給自己壓力，又要同時修改畢業製作的動畫短片劇本，最近都沒睡好。不過，這是開學前的最後一個案子，終於能夠喘一口氣了。

小安坐在位子上，用黑色原子筆在筆記本上畫畫。兩天後桌子就會清空，聽說有剛畢業的新人會來，這個座位應該會給對方。而再過一年，小安則變成應屆畢業生，將去尋找可以盡情創作的地方。小安認為不會是這裡，因為在這實習，沒辦法製作自己比較有興趣的動畫題材，雖然世界上大概很少有導演，可以在畢業後馬上成為不需要在意生活費的創作者。

叮咚，小安的電子信箱有一封新郵件，是電影《吾兒》的導演，邀請小安參與九月底的特映會，並且再次感謝她做出超棒的片頭動畫。

小安的室友家在台北。

室友本來說小安可以住她家，但她房間地上堆了許多舊書，還有一些衣櫃塞不進去的衣服，根本沒空間打地鋪。

「王姵安，妳什麼時候要回去彰化？」

「我禮拜五會把東西帶回家，不過也沒什麼個人用品就是了。」

小安大一住宿舍是為了認識同學，大二本來想省住宿費，打算搬回家住，卻被室友拉著去校外找房子。室友拜託小安一起，因為她不敢自己住，還說可以多貼五百元的房租，兩人就這樣當了三年室友。直到室友暑假前有了新對象，改成跟男朋友同住。距離畢業還有一年，她們時常聊著聊著，便開始感嘆時光飛逝，彷彿以後再也不能見面。

「妳公司很好欸，還提供員工宿舍。」

「畢竟大家工作完就累垮了，沒力氣搭車回家啦。」小安伸著懶腰，直接躺在室友的床上。

室友坐在書桌前，後方被裝書的紙箱卡著，沒有退路。她轉過頭，把腳放在椅子上：「妳的畢業製作進行得如何？」

「劇本大綱完成了，正在設計人物。」小安翻身，從床邊的書包裡拿出深綠色資料夾。紙張晃動，室友瞇起眼睛，盯著小安畫的草稿，總覺得這角色在哪裡見過。但小安不是會抄襲的那種人。

「怎樣？」小安把蓋住臉頰的頭髮撥開。

室友看著小安的笑容，終於想到這紙上的大男孩像誰。

「妳畫得很像妳前男友欸。」

6

廟口小吃。

幾張凳子擺在紅色方形桌下方，大多數的座位都已坐人，這條路上擠滿各種美食，街口還有歌仔戲表演，相當熱鬧。

「好餓啊！」敦運坐在椅子上哀號。

「上班太忙中午沒吃，現在我要吃到撐。」宗弦拿著紅筆畫單。

仲哲面朝著十二點鐘方向，驚喜地說：「你們看你們看。」

「哇，正妹！」宗弦已經以超強眼力，看見女生臉上的細紋，但他不會因此排斥看得清晰，這樣反而有種特別的感受。

宗弦開始垂涎，接著轉身將點餐單交給老闆。

「太美了……」敦運眼睛發亮，雖然小安的微笑在腦中一閃而過。

正妹桌坐了四個人，兩男兩女，看來是兩對情侶。

「她簡直是仙女，另一對的女生完全被比下去了。」仲哲伸長脖子，繃緊肩膀。

「你不是有女朋友了。」宗弦提醒。

「看看而已。」

仲哲和宗弦只是以單純欣賞的角度，但渴望愛情的敦運，內心像是有火在燒。

敦運雙手握拳，輕輕放在鼻子前面，他的眼神散發著不滿。仙女和男友坐得很近，幾乎黏在一起，真是令人嫉妒。

等待老闆製作餐點的同時，可以看著仙女的一顰一笑，被她的美麗吸引，真的是不會無聊。

敦運他們沒有說太多話，只專心看。

直到老闆上菜，他們仍沒把視線移開。

「怎麼樣，你覺得她男朋友有比你帥嗎？」宗弦稀哩呼嚕吃著乾麵，眼睛盯著敦運。

「呃……」敦運把肉圓咬斷：「應該沒有吧。」

「我也覺得你比較帥，要不是我有女朋友，早就出手了。」仲哲扒了一大口焢肉飯。

「無法忍受。」宗弦吞了吞麵：「醜男配美女。」

「該起來說話了。」仲哲用手肘輕輕撞一下敦運。敦運迅速站起來，彷彿早就在等宗弦和仲哲的鼓勵，雖然他認為仲哲比自己帥氣，但他有另一個武器。

敦運直直走向下凡仙女，仙女旁的兩名護衛察覺來者不善，表情變得兇狠。

「你想幹嘛？」仙女男友伸手抓住敦運的衣領，敦運根本什麼事都還沒做。

正合我意。敦運的嘴斜斜一笑，輕輕地說：「你們因為太醜，而慚愧得說要請大家吃飯，並且跟女友分手。」

旁邊的男人笑了，以為敦運是個腦子不清的傢伙，結果仙女男友卻很聽話，慢慢轉身。敦運看向愣住的男人，告知：「你也是。」

雙護衛嘗試掙脫控制，臉皮微微抽動的畫面，被宗弦盡收眼底。

在仙女被男友甩了之後，莫名其妙的情緒讓她呆呆坐在原地，而另一個女生狠狠甩了自己男友一記耳光。

仲哲拍手叫好，飯粒都從嘴裡噴出，指令結束以後，仙女男友大吼，隨後掐住仲哲的脖子，仲哲手一伸，對方就被推倒在地，還將杯盤狼藉的桌子撞倒，老闆見狀就要跑來咒罵。

「沒事、沒事。」敦運站起身，咀嚼著最後一口肉圓，老闆聽到他的嗓音，便雙手放鬆，態度放軟。

宗弦拿起粉紅色面紙擦擦嘴，朝著遠處的廟宇走去。仲哲的脖子被指甲劃出紅線，他從口袋拿出彈珠，用手指彈出，讓仙女男友痛得掉淚。

敦運深呼吸，在跟上兩個好友之前，朝仙女眨了眨眼，展示自己的帥氣。驕傲的他，心想仙女對自己的魅力，大概是完全招架不住。

飽餐之後，三人躺在河堤旁的綠色草皮，旁邊的樹木葉片發出細細聲響。看著寧靜的月光搖曳在河中的身影，他們暢談著。

「你們不覺得世界上太多智障了嗎？」敦運雙手攏在後腦勺，眼睛看著夜空。

宗弦點點頭：「是有點多……仲哲你覺得呢？」

「嗯，是需要有所謂的英雄來剷惡除奸才行。」仲哲雙手撐在後面坐著，掌心被尖尖細細的草搔癢。

「我有個點子。」敦運微笑，然後朝著河流大喊宗弦和仲哲的名字。

「小聲點，對面的昆蟲都被你嚇到了。」宗弦鬆開眉毛，拍拍屁股，跳起機械舞。

「我們組成一個……」敦運握拳：「除掉討人厭傢伙的團隊！」

仲哲搔搔頭：「是要固定時間尋找目標嘛，還是？」

「這我還沒想到。」敦運遙望河的對岸，像是看著此計畫實現的美好未來。

宗弦沾沾自喜地說：「我們近期遇到的智障，其實都被我們教訓了一頓，這好像本來就是我們的使命呢。」

本以為今天只是普通的聚會，現在竟然組成了正義小隊，敦運興奮狂叫，行人紛紛走避，但他並不在乎。要是他在意別人的眼光，那輿論就會輕易影響自己伸張正義的決心。

此時，爍風雖然身在火球糕點，但他收到了關於敦運他們的報告。最近敦運做的這些事，爍風都看在眼裡。或許，他仍期待敦運心底的善良，能夠停止這場鬧劇。

7

「店長，你沒在偷偷觀察我吧？」

「有啊，你吃了綠豆糕，得到能力，做的任何事我都會記錄。」爍風大方地說。

敦運遲疑片刻後開口：「我記得你說過，不會讓人拿著能力為非作歹。」

「嗯，你有做什麼壞事嗎？」爍風微笑，繼續將紙箱裡的綠豆糕拿出，放在架上。儘管自己是因為被志廷催眠，才會繼續「同化計畫」與「善良實驗」，但他現在確實對「善良實驗」越來越感興趣。雖然爍風已是變形人，但他其實還沒轉化完全，皮膚沒有變綠，身上也沒浮出黏液，他還未擁有「變形」這項能力。

這也是因為他停止服用同化藥物的緣故，不過比起其他被同化的地球人，爍風轉化時間確實比大部分人還久，久到他來得及阻止自己轉化。至於基因使他擁有的蠻力與眼力，是無法被剝奪的，就像他現在也有著隱性的變形基因。

要是未來掌握基因編輯的技術，他會把變形基因拿走，就算無法變形，其他的能力也足夠他用了。在死透的志廷兩年前的催眠失效以後，爍風就會展開屬於自己的計畫。

「對了店長，我明天請個假喔。」

「又請假啊？」

「朋友約要一起出去。」

「康宗弦和徐仲哲喔？」爍風看見客人光顧，便走到櫃檯。

「你果然知道。」敦運擠出笑容，不過既然爍風沒有阻止他，代表爍風也認為自己的行動是對的吧？那可是為了社會，在教訓壞蛋呢。

爍風和敦運把火球糕點照顧得很好，生意蒸蒸日上，有時來了太多特定基因的客人，爍風還得讓他們避開經典款綠豆糕，要不然可能不夠人手去追蹤。

晚間，敦運先下班，爍風整理著預計明早要給司機的貨。本來敦運要留下來幫忙，爍風說不用，還開玩笑表示自己不想付加班費。

火球糕點的商品，都是由同一個工廠製作，工廠負責人同樣是變形人，明天的物流司機也同樣是變形人。

其實就連仲哲的女朋友，都是變形人。這大概是唯一不能告訴敦運他們的事。

爍風伸手擦汗，一顆子彈，貫入爍風的心臟，再一顆，從他的腦門進入。爍風瞪大眼睛，汩汩流出的血，如黏液般濃稠。玻璃牆產生裂痕，但沒碎開，沒多久，克堅背著黑色槍袋，走入火球糕點。

門口的機械掃描，將會告知各地的同伴，殺死爍風的人是克堅。

克堅並不害怕，因為該害怕的是那些純種變形人。

純種指的是，那些出生就有變形基因的人，他們從遙遠星球前來，所生下的孩子都屬於純種。純種變形人並沒有在地球殺過人，他們激發人類的能力、做各種實驗，或許有人因此喪命，但那些都不是純種親自下的手。

純種變形人甚至有個默契，那就是不殺人。

克堅可沒有跟他們約定。

許多地球人已經轉化成變形人，但擁有「特定基因」的並不多。

其實是因為那些有特定基因的地球人，心裡都存在著動物演化而來的暴力，所以無論是有了音波、眼力、蠻力，事情很容易開始變得失控。科學部門就會下達指令，要求將實驗對象注入睡眠藥劑，迅速進行基因編輯，讓這些人成為無法觸發能力的普通變形人。

事到如今，就是因為爍風想測試「善良」在多低的山谷，能夠谷底反彈，才讓一切失去控制。

克堅從火球糕點拿走了變形人的相關資料。除了他們的居住地址，克堅發現令他難以接受的事實。

「這個綠豆糕除了激發能力，竟然也會把大家變成外星人？操你媽的！」克堅把儲藏室砸爛發洩，但他隨即冷靜，他知道自己必須吃下綠豆糕，並且在殺死那些外星人時，破壞他們製造的藥劑，阻止地球人被轉化。

一名克堅以前帶過的兵開著貨車抵達，幫忙把經典款綠豆糕運走。

這些庫存，會讓克堅保有能力，也會讓他成為變形人的一分子。

克堅神情凝重，不確定自己是否來得及，在地球被摧毀之前將外星人消滅殆盡。因為要是自己變成了他們，恐怕會因為無法忍受，而自我了斷。

8

柔軟的絨布地面踩起來有點不踏實，沛嫻待在外頭的走廊，祈禱這次會有好口碑。雖然她對這部作品有信心，但她真正擔憂的是，兒子會不會來參加特映會。

「導演好，可以跟妳合照嗎？」

「啊，可以。」沛嫻露出笑容，戴帽子的觀眾把鴨舌帽摘下，將手機交給同行的人：「等等再幫妳拍。」

幾次拍照，幾次交談，沛嫻親切地回應，傾聽觀眾對她以前作品的感想，也分享自己的一些創作歷程。十五分鐘後，老公到了。

「電影還沒開始吧。」老公像是剛睡醒。

「還沒，我不是有告訴你時間。」沛嫻輕聲細語。

「我記得啦，只是確認一下。」老公要拉起沛嫻的手時，沛嫻看見遠處的一個女孩。

「導演好！」

「小安，妳到了。」沛嫻喜笑顏開。

小安幫忙製作的片頭動畫，就是放在這部電影。她跟沛嫻導演當初來來回回討論多次，雖然辛苦，但小安很滿意自己的作品。

「特映會的觀眾，可以進場囉。」站在影廳門口的特映會工作人員，大聲說道。

沛嫻想多跟小安聊幾句，不過小安手拿托盤，端著熱狗堡、爆米花，還有飲料店的奶茶，沛嫻便笑著說：「妳先進去好了，我等一下坐妳旁邊。」

「這個是會員集點送的，我沒那麼愛吃啦。」小安一邊解釋，一邊往入場的隊伍末端靠近。

觀眾陸續進場，而影廳外，沛嫻愁眉苦臉地拿著特映會的票。這張票是留給兒子的。

老公輕輕拍了下沛嫻的手臂，說：「爍風會來的。」

爍風在搬到高雄經營糕點店以後，就幾乎沒有回去台北。沛嫻猜想，是自己年輕時對照顧孩子的厭倦讓爍風不滿。老公總說沛嫻想太多，爍風有自己的事業，當然很少回家。他還順便調侃沛嫻也是經常消失兩個月在拍電影。

漆黑的影廳裡，銀幕上的角色正在各自的故事中努力，然而，世界上不是每個人物都有後續，爍風再也不會出現在爸媽的面前。

9

前陣子某間餐廳門口出了嚴重車禍，有名路人走在行人穿越道，遭到來車撞擊。網路上有個叫「馬澤」的人，拍了部嘲諷此事的影片，說那個監視器畫面應該是造假，因為每個人的行動都太不合常理。

這部影片被正在寫論文的仲哲看到，他便召集了敦運和宗弦。

仲哲研究社會學，他的論文是在觀察人們的網路習性，因此他沒事就會在電腦前面搜尋資料、觀看各個社群網站、影音平台所發布的動態影像，探討拍影片、記錄生活的人，為何會想將這些展示給大眾看。

透過其他影片，仲哲查出馬澤住在台北，今天他們就是要去對馬澤進行懲罰。

「琳琳，妳在家等我。」仲哲昨晚先到高雄，是為了與女友親熱一番，等等就要搭高鐵北上。

「不要受傷喔。」琳琳把馬尾綁好，坐在凌亂的床上。

「當然。」仲哲把褲子拉鍊拉上，留下琳琳一人。

琳琳經常自己待在家，因為爸媽是變形人的管理階層，需要到各地處理大大小小的事，她一出生就是變形人，但她從小就不喜歡自己的綠色長相，她很快就看著電視裡不同的美女，變形成自己喜歡的樣子。

雖然很多人追，但她總有股自卑的感覺，覺得自己並不屬於這裡。

琳琳高中跟仲哲不同班，當時對他沒什麼感覺。直到大學時期仲哲主動密自己，琳琳才開始變得開心。後來與仲哲交往時，爸媽提過讓仲哲轉化，但她不想自私地改變仲哲，希望未來某天能讓他自願成為變形人。

結果幾個月前，仲哲吃了火球糕點的綠豆糕，因此遭到鎖定，而且仲哲擁有觸發能力的特定基因，也讓他成了善良實驗的實驗對象。

眼看仲哲走向失控邊緣，琳琳知道自己只能從旁觀察，等待接到科學部門的指令，才能替仲哲施打睡眠藥劑，停止這一切荒唐。琳琳害怕，要是仲哲得知自己是變形人，並且看見她綠色的樣貌，不知道會不會因此不再愛她。

宗弦打了呵欠，坐在高鐵站的紅色椅子上，遠處，敦運招手走來。

「仲哲呢？」敦運咚地坐在宗弦旁邊。

「可能跟女友親熱，晚點才過來。」宗弦會這麼說，是因為他看見緩慢行走的仲哲，嘴角上殘留的一點唇蜜。

宗弦盯著仲哲笑，仲哲猜到宗弦又以視力窺人隱私，趕緊擦擦嘴巴。

「變態喔。」仲哲看了自己紅紅的手背，再用另一隻手擦拭。

三人看向月台時間，然後刷票進站，往下走到月台。

抵達台北時，敦運覺得他們才剛開始聊天而已。雖然敦運對餐飲有興趣，但最近他較熱衷於伸張正義，要是教訓惡人有錢賺，他肯定把火球糕點的工作辭了。

「那個叫馬澤的影片創作者，好像都喜歡發類似這種引戰影片，來吸引大眾關注。」宗弦滑著手機，看見一則馬澤怒罵民眾的新聞。

「在今天以後，他就無法再這麼做了。」仲哲深呼吸，像是準備揮出沉重一擊。

音波進入警衛的耳裡，他將通行證交給敦運，讓他們可以搭乘電梯。抵達馬澤租下的辦公室樓層後，他們問了經過的員工，員工說馬澤大概在頂樓。那位員工似乎對工作相當不滿，確實，馬澤個性是有點惹人厭。敦運拍拍員工的肩膀，對他說辛苦了。接著員工便跑到辦公室中央，將碎紙機的廢紙從垃圾袋抓出來亂灑。

樓梯間寬敞、明亮，敦運正要推開頂樓的門，一個頭髮亂糟糟的女生從外頭把門打開，衝進還沒關上的電梯。

「聽說他會跟員工偷情，想不到是在頂樓。」仲哲看著緊閉的電梯，樓層顯示器的數字慢慢變小。敦運的聲音攫住大家的注意力，今日的罪犯就在那。

馬澤叼著菸，坐在頂樓的藍色水管上，他將視線移動，隨意看看周遭時，敦運等人的身影映入眼簾。

「餐廳外面的車禍影片。」敦運走到馬澤面前。

馬澤身體往前彎曲，站起來，他瞇眼盯著敦運：「喔，你們是粉絲啊？」

「為什麼要對悲劇開玩笑呢？而且你認為監視器造假，可是真的有人死了。」敦運說。

吸了一大口菸，馬澤吐出白煙。

「我爽啊，怎樣？」馬澤雙腳站得很開，攤著手，像隻青蛙發出聒噪的聲響。

敦運的臉被雲霧遮住，令他皺眉。接著一陣拳風劃過，仲哲的手臂肌肉繃緊，揮出了憤怒的拳頭。結果馬澤飛了出去。

「哇！」宗弦驚訝的是，朝著頂樓欄杆撞去的馬澤，臉部已被拳頭的衝擊給震碎，非常噁心，噁得宗弦隨後閉上了眼。

敦運踏步往前，那是有人墜樓時，會有的反射動作。

咚的一聲，馬澤掠過灰白色的欄杆，從二十樓摔落地面，砸出巨響。

「我、我不是故意的。」仲哲張開揮出的右手，他也沒想過自己會不小心殺人。從這裡掉下去，不死也很難。

「現在怎麼辦？」敦運心跳加速，但他告訴自己不要往頂樓邊緣靠近，免得被目擊者看到，此刻樓下聽見異狀的所有人，應該都會朝頂樓看去。他往樓梯間指，這是唯一的路。

「電梯監視器怎麼辦？」密閉空間的空氣感覺非常稀薄，仲哲盯著電梯上方，用力呼吸的他試著穩定情緒。

「請警衛刪除吧。」敦運張嘴，咳出音波。

「真是可靠欸。」宗弦拍了敦運的背，整個人肢體僵硬，不像從前在熱舞社跳舞那般動作柔軟。

敦運提到刪除監視器影片的時候，警衛說他本來就會固定刪除片段，因為馬澤不希望被錄下帶女生到頂樓做愛的行前畫面。

警衛懊惱著自己怎麼把這祕密說了出來，敦運微笑，下了另一個指令，就是當警方來詢問時，警衛就說，最近馬澤行蹤詭異，還提過什麼自殺的事。

墜樓的消息很快就傳遍整棟大樓，敦運他們也很快就離開案發現場。

有人說，殺人會改變一個人，但敦運和宗弦認為是仲哲下的手，而仲哲把此事當作是意外，而不是蓄意殺人。

他們都在推卸責任。

在搭高鐵往南的途中，大家混亂的思緒已慢慢冷靜下來，或許是因為擁有厲害的超能力，讓他們不會陷入過度的恐慌。

仲哲在彰化下車，高鐵抵達左營後，宗弦回去租屋處，而敦運則說要去火球糕點跟爍風討論此事。

碎裂的玻璃牆讓敦運心感不妙，他衝進店裡，沒發現爍風的身影，甚至沒發現血跡。那些克堅都處理過了，儘管他有隱蔽處可躲，不怕被抓，但順手清理確實可以省下警方追查的麻煩。

敦運發現儲藏室的祕密櫃子被拆開，裡面是空的。爍風曾說，這裡放的是外星人的機密資料，要用他的臉來辨識解鎖，其實敦運沒有非常好奇，只要綠豆糕讓他持續擁有超能力，其他都不重要。

「那些機密資料，包含了我們的地址。」一個聲音從外頭傳來。

敦運縮緊喉嚨，站在原地，腳步聲輕輕靠近，似乎沒有敵意。

眼前，是一個普通男子的面孔，但這人直話直說了，他與爍風都是所謂的「變形人」。

「鍾克堅會一個個找上門，把他所說的那些可惡外星人通通殺光。而我們，恐怕會遭到殲滅。」男子表情糾結，恐懼彷彿從皮膚不斷冒出，瀰漫整間店。

屋內很安靜，敦運這才注意到，牆上的圓形時鐘停了，大概是沒電吧。

敦運坐在外頭的高腳椅，雙手撐著膝蓋，疑惑道：「雖然鍾克堅也有超強視覺，但你們不都有各種超能力嗎？」

「我們純種變形人，是非暴力的。要是遇上鍾克堅這種人，討不到便宜。」

「等等，純種？」

「嗯，我將會坦承一切，包括我們來此的計畫。」男子深呼吸，像是早就準備好了稿子，接著將「同化計畫」，與特定基因顯現能力的科學，都告訴了敦運。

敦運聽到一個重點，那就是自己再吃下更多綠豆糕，就會轉化成變形人。

「幹！」敦運氣得抓住男子的領口，男子穿著紅色POLO衫，配一件卡其褲，像個有禮貌的外星人，結果卻說出他們想幹的是這種勾當。

「那把激發能力的藥劑，和同化藥物分開呢？我可以繼續保有能力，也不會變成所謂的外星人。」

「激發能力的藥是短效的，但如果成為我們，就會一直擁有能力，還能藉由基因編輯，得到其他兩種力量。當然你也可以單純服用藥物來維持能力，當作是一個需要按時吃藥的英雄。」男子擰笑，產生音波：「不過世界上哪有這麼便宜的事，你要能力，就得成為變形人。」

「變形人到底是什麼鬼？」

「或許對你們來說，可能跟鬼很像。」男子皮膚變綠，滾動的黏液浮出。

敦運鬆開雙手，驚訝得大喊，一開始以為外星人就是像爍風那樣，可能都頂著大光頭。他確實沒有想過，他們會易容，而原本的容貌是這種模樣。

男子恢復成普通人的長相，再度發出音波，說：「你也是屬於非純種的變形人，心裡埋藏的暴力，應該可以與鍾克堅對抗，更何況善良實驗也證明了，你是不折不扣的敗類，哈哈哈哈，你就按照我們的命令，前去行事吧。」

敦運臉色一沉，站在原地，對著男子輕笑一聲。

「我剛才也有發出音波，而且早就抵銷了你想對我的催眠，你沒發現吧？」敦運雙手插在口袋，發著牢騷：「我本來就不是什麼英雄，但我也不是壞蛋，我知道自己懲罰那些人，是有點過火啦，誰叫我還沒從失戀走出來。」

男子吞了口口水，深怕自己無法離開這裡而雙腿發抖。

「我不是為了你們才去對付鍾克堅，而是為了正義，我得去阻止他濫殺無辜。」敦運朝著火球糕點的門口走去：「雖然你們這些外星敗類，未經地球人的同意，就想同化他們。」

咚，男子雙膝跪地，身體發軟。

「好歹也問一下嘛。」敦運伸著懶腰，打算回去租屋處睡個覺，明早再把事情告訴宗弦和仲哲。

10

死人的新聞多的是，但通常不會有名字。不過要是公眾人物死亡，新聞肯定會連續報導好幾天，直到更「新」的新聞出現。

電視上播報著影片創作者馬澤，昨日墜樓身亡的事，敦運、仲哲還有宗弦坐在咖啡廳裡，現在馬澤的死已經被他們拋到腦後，而爍風的死離他們更近一些。

「雖然目標是鍾克堅，但我們先不要打草驚蛇，等待聯絡人給新的資訊。」敦運用吸管攪動著紅茶裡的冰塊，他口中的聯絡人，就是昨日找上門的男子。

「我們會變成那種怪樣子？綠色黏液人？」宗弦皺眉，死盯著敦運的臉部細紋，希望敦運露出一絲開玩笑的表情。

「要是停止服用綠豆糕，就能停止轉化吧？」仲哲把鮮奶茶放回圓形的木頭桌面，雙腳從高腳椅的欄杆滑落，又再抬起。

「是這樣沒錯，但我們的能力也會跟著消失。」敦運說：「聯絡人有講，他們的食品工廠會持續製作綠豆糕，免費提供給我們。」

「敦運，你不是很帥氣地用音波抵擋他，然後還說，為了阻止鍾克堅殺人，才選擇幫忙嘛。」宗弦納悶：「怎麼現在變得像我們是外星人的手下？」

「他一個人的時候我當然能對付，但他後面不知道有多少變形人。而且他們聲稱不使用暴力，搞不好是亂講的。」敦運停下吸管，滿滿的紅茶他一口也沒喝：「另外回到現實面，我們解決鍾克堅以後，要面對的是被同化的問題，可不能現在就和外星人交惡。」

「那就一件一件事情來吧。」仲哲雙手抱胸，捏緊手臂，感受著渾身的力量。

「我是有個想法……」敦運終於喝起紅茶，冰涼暢快流入喉嚨，彷彿瞬間驅趕體內的燥熱。

拯救外星人應該是種正義。

但是敦運在想，要是像教訓馬澤那樣，不小心殺了鍾克堅的話，會不會有些過火，而那也就稱不上是正義了。

第五章 抉擇

1

升上大四，小安發現生活並沒有太大改變。

隨著畢業製作的動畫持續進行，她覺得自己越來越放鬆。一開始在劇本上遇到了瓶頸，但到了繪製階段，壓力瞬間消失了。畢竟從大一到現在，她已經完成過許多作品，因此很理所當然的，知道作品一定會順利完成。

另外一個讓小安很放鬆的原因，可能是媽媽。小安曾想打工自行負擔生活費，媽媽卻說小安學業繁忙，不要再自己找麻煩，媽媽會把一切打點好。

小安有時會在圖畫不完時，想像當初選擇舞蹈系會是怎樣。雖然她也很喜歡畫動畫，但年輕人都是這樣，總有很多興趣，並且經常對自己的選擇感到猶豫，不確定是否正確。

三色花貓綠豆糕跳上小安的腿，小安輕輕摸了摸牠。

現在家裡很安靜。媽媽最近去禪修，離開幾天，明明錢都還夠，媽仍多留了幾千元在餐桌上。小安聽見肚子發出抗議，她最近常因為畫圖而跳過一餐。

「我去買吃的。」小安對著綠豆糕笑，然後將牠抱起，放在黑色沙發上。

茶几擺著一張小安用鉛筆畫的圖，圖上的角色是畢業製作的動畫主角。就是室友說的，畫得很像敦運的角色。小安原本真的沒想到。但是在生活中，其實處處都仍有與敦運相處的回憶。

像是現在她打算要去的肉圓店，就只跟敦運一起吃過。

2

克堅最掛念的就是他可愛的寶貝女兒，儘管一陣子沒有見到她了。當克堅被越來越多外星人可能攻打地球的訊息困擾，他便決定投入尋找這些外星人，但他知道，這勢必會引起對方的注目。

所以自己必須跟女兒和妻子保持距離。

「都是你們這群外星人害的。」克堅舉著手槍，坐在一名男子的私人醫療室中。

汗流浹背的男子，看起來相當無辜。

克堅將槍口抵住男子的額頭，說：「你就別再裝了，露出你的真面目。」

現在要殺死為數眾多的外星人，克堅不能再大剌剌用步槍攻擊，而是要私底下一一擊破，最好不要驚動警方。不過政府也真無能，都被入侵了還不為所動。克堅曾寫信給總統，但沒有回音，他只好自己來。

冰冷的槍發出金屬聲響，男子聽得一清二楚，他慢慢褪去人類面孔，讓綠色黏液浮出。

「你們果然很噁心。」克堅瞪大眼睛，忍住不一槍斃了眼前男子。

「這是一場誤會，我們並不是敵人。」

「放屁。」克堅不想聽男子的辯解，而且變形人想讓地球人都變成同類，對他來說，這就是敵人。克堅的手有點痠了，他皺眉：「我大概吃多久綠豆糕，會變成你這樣？」

「高雄的綠豆糕跟我們這裡不同，在這吃下我們商品……到冒出黏液，至少要三年，有些特例還要更久時間。不過，通常幾個月就會先開始掉頭髮。」男子緊張地吞了口口水，把綠色黏液收回，恢復人樣。

「難怪陳爍風是光頭。」克堅轉動眼珠，盯著男子瞳孔：「那特殊能力呢？」

「我們最主要的任務是做同化，特殊能力是科學家在做的，高雄那邊的綠豆糕剛好是一起進行。」

「資料上寫到，能力有三種是吧，要怎麼取得？」

「有特定基因即可受到激發，如無，就要接受基因編輯。」

「那你幫我編輯之後，就可以去死了。」克堅搖晃手槍，看向男子身後的電腦和儀器。

「這不能隨便……」

一聲槍響讓男子閉嘴，但男子早有準備。他不會殺死克堅，因為純種變形人的不殺生默契幾乎成了原則。不過男子自信，仍能以巨大蠻力阻止眼前這名邪惡之人。

然而，克堅的絕佳視力，早已發現男子隱隱抽動的肌肉，克堅再度開槍，男子還未碰到克堅就一命嗚呼。

「真是麻煩，要找下一個基因編輯師了。」克堅看著倒在灰色地板的男子，搖了搖腦袋，但對他來說有個好消息。既然同化和取得特殊能力可以分開，似乎不用擔心會變成那種鬼樣子了。

3

基因編輯師遍布各地，負責基因編輯的工作。克堅之所以會選彰化，是想順便見妻女一面，實在太久沒看到她們了。

此時，待在高雄的敦運，也提出想要進行基因編輯，讓他和仲哲、宗弦都一次擁有三種能力，這樣更容易對付克堅。但被聯絡人拒絕了。

「兩個小時前，鍾克堅闖入我們彰化的私人醫療室。」聯絡人掛斷電話以後，看向旁邊的敦運。

「你們怎麼不早說。」

「就說是私人醫療室了，剛剛屍體才被我們發現。基因編輯這種事，得隱密一些。」

「喔。」敦運察覺震動聲響，他移動屁股，把口袋裡的手機拿出來。

維哲早上才邀請敦運來參加校慶園遊會，外婆現在就打過來，問敦運什麼時候到彰化，她跟外公都期待看見乖孫。即便外婆很常見到維哲、比較常對他噓寒問暖，但也不忘關心敦運出社會混得怎麼樣。

「好啦，我明天早上就會過去。」敦運放下手機，看向坐在高腳椅上的聯絡人。

聯絡人邁開腳步告辭，獨留敦運坐在原位。

火球糕點外頭貼上了歇業公告，店內的櫃子空空如也，這裡的租金過幾天要繳，敦運打算幫忙跟房東告知，說要提前解約。

唉，要是房東問起爍風在哪，不知道該怎麼回答。不過房東沒對一直破掉的玻璃牆有意見，已經是萬幸了。敦運扭扭脖子，繞了店裡一圈，以前爍風在的時候，他可不敢這麼輕鬆地在這閒晃。雖然敦運有些存款，不急著找下一份工作，但有時還是會對未來稍稍感到迷茫。

國小，四年六班。

梅子可樂，售價三十五元；熱壓吐司，售價五十五元。

教室的前後門分別寫著入口和出口，但來逛園遊會的客人，多數都隨意入內，位子有四人座和兩人座，現在已經全數客滿。

布告欄前的維哲，小心翼翼地抓起家庭號可樂，將飲料倒入塑膠杯中，裡面的酸梅被沖起而往上跑，滿頭大汗的維哲吞了口口水，感覺又甜又酸的酸梅此刻就在自己的舌頭上。

喀，維哲將塑膠杯蓋蓋上，把兩杯梅子可樂遞給服務生小彰，小彰的盤子上已放好熱騰騰的熱壓吐司，他轉過身，替同學阿黃的爸媽送餐。

「阿黃爸爸、阿黃媽媽，這是你們的餐點。」小彰手有點抖，幸好成功把盤子放置桌上。

「不用那麼客氣啦。」

製作熱壓吐司的位置在窗台旁，不過操作的都是大崇媽媽，大崇家是開餐廳的，梅子可樂也是他提議加入菜單，不過這是因為去年隔壁班汽水賣得嚇嚇叫。

除了製作餐點，也有同學負責收銀，由班上心算最好的同學數錢。就這樣，櫃台、廚房、送餐，需要人手大約十人，一個半小時換下一班，大家都會輪到。

剛才爸媽來到教室，維哲因為還在工作，便叫他們先去逛逛其他班級的攤位，現在則是換表哥敦運出現在門口。

敦運很久沒來到國小，每個孩子的個頭都矮自己很多，讓他感到有些新鮮，也有點懷念。那時還沒那麼多煩惱，又或者，那時很多心事一下就忘掉了。

「你待在這會不會太無聊？」維哲把空瓶放進一旁的藍色塑膠袋，伸手打開新的一瓶。

「不會啊。」敦運咬下一口巧克力口味的熱壓吐司，再拿起維哲親手製作的梅子可樂飲用，可樂配冰塊，再來點酸甜感，真是好喝。

園遊會是維哲最期待的日子，而且今天一切都很好，唯一讓他覺得可惜的是，家瑜跟他不同班次，沒辦法兩人一起在教室裡販售餐點。

六年級樓層，這裡賣的東西多樣，除了吃還有得玩，因此家瑜和朋友主要都是在這裡挑選食物和飲料。

「鍾家瑜，妳爸到底去哪裡了？」藝雙提著塑膠袋，裡面裝有兩支香氣十足、微微烤焦的香腸。

「他有重要的任務。」家瑜把吸管插入百香果綠茶裡，嘟起嘴喝了一口，還沒把飲料放下，另一隻手就伸到藝雙的塑膠袋旁。

「哇，他是在政府的機密組織工作囉？」

「我也不太清楚啦。」家瑜咬下多汁可口的香腸，因為被燙到而吐舌。

藝雙笑了她，她也跟著笑。雖然藝雙沒有繼續問下去，但班上的小美爸媽離婚，讓藝雙不免認為家瑜是在隱瞞這種事。

然而，藝雙很快就知道自己錯了。

一位抬頭挺胸，面帶笑容的男子朝著家瑜走來。

克堅在很遠的地方，就以超強眼力，看見女兒家瑜還有她的同學，因此可以提前平復一下久久未見家人的情緒。

「爸爸！」家瑜衝過去拉著爸爸的手，克堅則是蹲下看她。

「你的頭髮怎麼變短了？」

「這樣比較清爽啊。」克堅抓抓自己的頭頂。之前的五分頭變長了，他兩個禮拜前又再度修短。今天克堅特別在起床後洗澡，讓頭髮保持乾淨，身體也不會有以前女兒常說的汗臭。

不過在稍早前，克堅跟妻子打過照面，妻子不太諒解。

「你到底消失到哪了？」

「反正幾張提款卡都在家，妳跟家瑜也不怕我跑掉吧。」

「一聲不響，是去做虧心事啊。」

「我跟妳提過的外星人，這是證據。」小聲說話的克堅拿出手機照片，這是他在變形人的私人醫療室，殺死基因編輯師以後拍的。屍體像普通人，沒什麼好拍，他拍的是桌面上放的基因編輯、同化計畫等等外星人的資料。

「你真的瘋了。」妻子說她會晚點再去園遊會，早上有事。

克堅待半個小時就要離開，他陪陪家瑜之後，就得趕快得到三種能力，然後著手處理各地的外星人。

「爸爸，我要先回班上，等一下要幫忙做熱壓吐司。」

「好啊，我陪妳走。」

家瑜鬆了口氣，她本來以為爸爸不要她了。

4

敦運吃完熱壓吐司以後，起身把位子讓給其他人，他拿著剩下半杯的梅子可樂，站在維哲附近。

「你這樣我很有壓力欸。」

「啊好啦，抱歉抱歉。」敦運吸了一口可樂，嘴中帶笑：「上次那個綠豆糕怎樣？」

維哲忽然皺起眉頭，說：「根本沒用。」

「呃。」敦運遲疑一會兒，才忽然想起舅舅不是外公外婆親生，所以維哲當然不見得有特定基因。他向維哲道歉：「對不起，我可以直接幫你……」

「沒關係，因為最近家瑜常常主動找我講話。」維哲在偷笑，如果看見他的表情，可能會以為他在飲料裡面偷偷加料，接著維哲愣住，才又開口：「咦，這該不會是綠豆糕的神奇效果吧！」

「不，是你太有魅力了。」敦運思考著什麼時候離開，卻在轉頭時看見克堅的身影，他瞪大眼睛，身體變得緊繃，彷彿體內沸騰的血液，警告自己隨時會和對方起衝突。

克堅走到布告欄旁邊時，也認出了敦運。家瑜說，她和藝雙準備加入熱壓吐司的行列，要爸爸先找位子入座。

維哲看見家瑜回到教室，不禁露出笑容，手中的可樂差點因為沒倒好而灑出來。敦運發現維哲的害羞，但他緊盯著克堅，不知道這個殺人犯會突然做出什麼事。敦運跟維哲說，自己要去廁所一下，便朝著教室門口走。

克堅跟了上去，兩人在走廊轉角碰頭。

「你想怎樣？」

「剛才在教室外，被室內的人群擋住，沒先看到你。」克堅說：「不過你現在想動口使用音波的話，我的視力還是能輕易發現。」

克堅看著滿臉敵意的敦運，輕輕舉著手，像是做出投降姿勢。

「別看我像看到殺父仇人那樣，當初在外星文明第四次討論，大家一起吃火鍋不是很開心嗎？」克堅又說：「而且我們應該是一隊的，外星人想偷偷把我們變成他們欸，這是多麼噁心的種族清洗法。」

「你攻擊我女朋友。」

敦運說出這句話時，其實有些心虛。

畢竟小安已經不再與他有任何關聯，自己只是前任罷了。

怎麼現在這種情況，還會想到她。

「這純粹是外星人的錯，我不是在咖啡廳就跟你說過了，陳爍風假裝是政府人員，招募我獵殺外星人，並且指出第一個目標是王姵安，我才會攻擊她。你沒去質問他嗎？」

「問到一半你就跑來攻擊，還想殺了我。」

「我是要解決陳爍風，但你阻礙我，我只好開槍。」克堅捲起袖子，手臂有一圓形疤痕：「而且你朋友也拿彈珠打我，算是扯平了。」

敦運現在倒是有點相信克堅。變形人在地球上不是進行同化計畫，就是在做善良實驗，所以敦運認為，爍風讓克堅去殺掉小安，一定是為了刺激自己，把善良實驗拉到最極端的情況。

「雖然外星人不該這麼做，但你也不該隨意殺死他們。」

「哈，你是正義使者嗎？」克堅嘲笑般的歪起眉毛，壓低聲音：「要是你繼續擋在我的面前，我會殺了你。」

敦運沒有回話，他邁開步伐，走入四年六班的教室。

待在原地的克堅緩緩睜大眼睛，看著敦運走到女兒家瑜旁邊，敦運看似說了幾句話，但因為背對著自己，讓他無法讀出敦運說了什麼。

敦運回頭望了一眼，克堅沒有輕舉妄動，直到克堅轉過身走掉以後，敦運也打算離開，但維哲跑過來說：「你要不要跟我，還有把拔和馬麻一起逛？」

愣住的敦運看維哲拿著手機正要撥號，手機是舅舅暫放在維哲身上的，他要維哲下班就打給舅媽。

「好啊。」敦運點頭，輕輕拍了拍維哲的背。剛剛來的時候，樓下有個賣冰沙的班級，還有間賣肉包的，看起來很好吃。

有時候放鬆就該徹底一點，不要想東想西的。

5

麥克風安靜地躺在黑色石桌，包廂裡沒有小姐，只有敦運、宗弦，和仲哲。

細小的氣泡在藍色飲料裡破碎，敦運拿起玻璃杯大口飲用。

宗弦的雞尾酒已經快要見底，他往後靠在黑色皮椅，躺得舒適。

仲哲雙手手肘放在大腿上，身體往前盯著桌上殘留的液體，門咚一聲被推開，聯絡人和一名身材姣好的服務生走入。

服務生把仲哲的飲料端來，宗弦趁著她彎腰，偷看她的乳溝。

「謝謝。」仲哲接過紅色飲料，但仍注意著桌面的白色液體：「你們沒擦乾淨，這不知道是什麼。」

「那是飲料啦，別擔心。」聯絡人在側邊的位置坐下，這間包廂寬敞，至少可以容納十位客人。服務生拆開一包溼紙巾，將桌面擦拭乾淨。

「咦，所以要開始唱歌嗎？」宗弦把酒喝完後打了聲嗝。

「跟你們約在這，是因為這裡絕對不會被竊聽，順便讓你們喝點飲料，認識一些人。」聯絡人示意服務生離開，服務生經過牆邊時，伸手將紫色燈光開啟。包廂內瞬間紫光四射，要再提升氛圍，只差音樂。

「有感覺喔。」宗弦跟著燈光的節奏輕輕搖擺。

「變形人來到地球也有三十幾年，而在台灣的時間，剛好整整三十年。我們最大的勢力，不在警方、軍隊，或是政府。」聯絡人雙手抱胸，說：「而是幫派。」

「喔！」仲哲發出驚嘆，猜想幫派要幫他們處理克堅，省得麻煩了。

敦運嘴裡的藍色飲料酸酸甜甜，他抿著嘴，然後說：「是要讓我們認識樓下那些兄弟嗎？」

「沒錯。不過他們不知道變形人的事，以為我們都只是普通人。」

「我們也是普通人好嘛。」敦運瞪著囂張的聯絡人，儘管第一次見面時，聯絡人被自己的音波能力嚇得腿軟。但這有什麼用，解決掉這傢伙，世界上不知道還有多少變形人。

「我已經吩咐過了，下面的小弟，會把你們當大哥。而這幾天，我們查到了幾個鍾克堅藏匿的地點。」

「不錯喔，那找我們來幹嘛？趕快派小弟占據那些地點啊。」微醺的宗弦有些亢奮。

「我們的非暴力原則，會使我們變成標靶，光派小弟又不太夠。」聯絡人解釋，因為克堅已經透過基因編輯，奪取了三種能力，現在變成更加危險的人物，必須讓敦運這些至少也有特殊能力的人，來與之抗衡。

「你是要我們，分別在他的藏匿地點等候嗎？」仲哲看著聯絡人，旁邊的敦運則是慢慢露出微笑。

「目前地點有三個，你們剛好可以分頭過去，只是不知道要等多久他才會出現。」聯絡人拿出手機，打開寫在備忘錄的地址。

不過，敦運拒絕了。

他覺得這樣反而會被一一擊破。

「我們來個甕中捉鱉吧。」敦運伸出舌頭，輕舔嘴唇殘留的甜與酸。

敦運說完計畫，聯絡人本來打算讓小弟們搭電梯上來，不過宗弦吵著要小姐一起喝酒。

「別再喝了。」仲哲敲了宗弦的腦袋，說：「還有，我該回去寫論文了。」

「我們不需要認識小弟啦，反正到了台北，跟老大見個面就好。」敦運拍拍褲子起身，緩緩跨出皮椅，又抬頭說：「仲哲和宗弦，你們好像沒吃過我家開的火鍋店對吧。」

6

位於新北的一間倉庫裡，製作完成的彈珠堆疊成箱，放在左側，滑順的厚紙板上，一顆顆閃閃發亮的彈珠，正被幾個大男孩盯著。

「真美。」仲哲口袋裡放了彈珠一袋，要是知道幫派老大有間工廠，他就不需要塞得口袋鼓起，全是彈珠。

「現在還有很多人玩彈珠嗎？」敦運轉頭，看向左眼戴著單眼眼罩的中年男子。

「少啊，但這些都賣出去了。」中年男子是大水哥，幫派的第二把手，不過據他所說，自己已經從良，並且從事玩具事業，這工廠是老大資助的，大水哥負責營運管理。當初老大對玩具沒興趣，是大水哥千拜託萬拜託才加以說服。其實更早以前，大水哥不是這種和藹的人，他做過的事，實在都不是什麼好事。

「我小時候喜歡玩玩具，後來不知不覺，手上的玩具變成了刀，之後加入幫派，成天打啊殺啊的，或是做一些違法生意，直到幾年前我遇上一位牧師，受到感化，決定重新追逐兒時的夢想。」

這間大倉庫，平常擺放著各種玩具，最近大多是彈珠商品，而在附近幾百公尺以內，都有小弟們在警戒，老大已經宣告，一旦出現照片裡的人，不要衝突，馬上回報。

照片裡的就是克堅，五分頭的他實在太過顯眼，反而容易洩露蹤跡。

「我們等一下面對的是一個瘋子，會不會害你又打打殺殺的。」宗弦原地滑步，小小的沙子與鞋底摩擦發出聲響，他最近很常忽然跳起舞，或許是太過懷念大學時期參加的熱舞社。

「他來的話，我們也只是正當防衛嘛。」大水哥說：「你們從哪裡來？」

「我們都從高雄搭高鐵來的，比較快。」敦運說。

「我之前待過高雄欸，後來才又北上，回到老家陪母親，順便在這開公司。」大水哥隨後看向倉庫門口，注意老大來了沒有。

敦運等人在稍早之前，先去了位於台北的幫派老大家中。

幫派老大住在一間普通的公寓，裝潢算是有設計感，年紀看起來五十歲上下，雖然依靠變形人的變形能力，想要幾歲都行。

「這位就是我說的，林勝延老大。」聯絡人先開口。

「歡迎，等一下就靠你們了。」勝延露出笑容，他的真實年齡為四十九，過幾天滿五十。以前勝延年輕時，在變形人當中不是什麼大人物，但他為了扛起更多責任，決定進行基因編輯。得到力量後，被安插在幫派裡做事，從小嘍囉做到老大的位置。

這對他來說是最痛苦的事，因為純種變形人不殺生的，就算是鬥毆也很勉強，他在多年的血腥中度過，現在仍然沒有被染色，保持著自己的純淨。

「讓您待在倉庫，等待隨時被刺殺，真是不好意思。」敦運皺眉，雙手擺在大腿前面。

敦運的計畫是，刻意讓各地的變形人家中電腦，放置幫派老大勝延的犯罪檔案，旁邊附上一則會議邀請，說是要商討如何將勝延老大洗白，使他在台灣變成一位慈善企業家。克堅必定會因此怒不可遏，朝著勝延殺來。

「不過我要提醒，那些犯罪紀錄，可都不是真的啊。」勝延打開用了很久的保溫瓶，喝下熱騰騰的黑咖啡。

敦運點頭，微微鞠躬：「我知道，我也沒看過裡面的內容。」

勝延先是跟聯絡人討論了一些事，才讓司機載他抵達倉庫，假會議時間為下午兩點，但現在已經接近三點了。

滴答滴答，秒針毫不遲疑地走著。

眼看大家無聊得要打嗑睡，辦公室裡那支老舊紅色電話終於響起，屋內的小弟們紛紛繃緊神經。

辦公室位於倉庫內後方，克堅朝著倉庫的大門口走，手上連枝球棒都沒帶，口袋看起來也沒藏槍。

一個人。

小弟們沒聽說來的人到底是誰，既然今天這麼大陣仗，猜想對方恐怕是有超強火力。結果回報的是沒有武器。小弟們開始嗤之以鼻，等一下可以好好教訓這個蠢蛋。

這些平常逞兇鬥狠的人，差了點想像力，他們沒有想到克堅簡直是超人，而自己才是蠢蛋。

電腦椅發出嘰嘰聲響，坐在辦公室的勝延，靠著椅背深呼吸。他的超強眼力，讓他可以清楚看見克堅射來的子彈，既然克堅沒有帶槍，他就更放心了。

如果克堅進不了辦公室，就無法傷到自己。

勝延也認為克堅的輕敵，會因此敗給敦運等人。

倉庫大門敞開，克堅帶著笑容走入，球棒與刀從他兩側揮來，克堅看出空隙，雙掌輕輕推出，就將兩個打頭陣的幫派小弟打飛。

其他年輕小弟瞬間嚇壞，本來要跨出的步伐又往身體縮了半步。稍微年長的人，心中也忽然有種念頭：唉呀，現在根本不是打架的年紀了。

克堅瞇起眼，視線穿過辦公室的窗戶，盯著裡面的目標勝延。

「你們天不怕地不怕。」敦運的音波，鑽入幫派小弟們的腦袋，令他們熱血沸騰。

「大家一起上！」一名較為壯碩的男子，握緊手中的開山刀大吼。受到音波鼓舞的小弟們，通通朝著克堅攻擊。

克堅快速掃視周遭，碎唸著：「會議邀請是假的啊……還以為可以把從各地來的管理階層一次殺光呢。」

圍在克堅面前的人很快就倒下，站在後頭往克堅衝刺的小弟，也像飛蛾撲火。

雖說克堅並非刀槍不入，但幫派小弟們的刀械都無法傷他一根寒毛。

一顆彈珠射向克堅手臂，克堅躲了開來。

仲哲再度用右手的食指與拇指，拿起左手掌心的彈珠。旁邊的宗弦負責以超強眼力瞄準克堅，他看出克堅手臂的抬舉角度不太流暢，打算讓仲哲不斷攻擊他的弱點。

「這隻手上次被你搞得很痛，又來啊？」克堅的超強眼力被太多閒雜人等阻礙視線，差點沒有躲過要命的彈珠。

宗弦眉頭緊皺，等待仲哲移動手腕，接著喊：「砰！」

閃爍的彈珠在灑落的燈光下直線奔跑，克堅咬牙，巨大力量集中於腿，接著向仲哲和宗弦衝去。

彈珠擦傷克堅的手臂，但這只是克堅做的犧牲打，他的拳頭來到宗弦面前，仲哲趕緊將宗弦推開，差點因為力氣太大而將宗弦的身體推到斷裂。

裝箱的彈珠被克堅打破，克堅還險些因為速度過快而摔倒。

仲哲快速攻擊，跟克堅同樣以全力揍了對方腹部，發出的巨響讓在場的人都嚇了一跳。

在得到巨大力量的同時，肌肉為了跟上如此蠻力，也會變得堅硬，所以仲哲跟克堅都受了重擊，卻不至於死去。要是一般人被他們全力伺候，內臟肯定會被搗碎。

「你睡吧。」克堅發出音波，仲哲一驚，耳朵早已聽見。

後頭的小弟大喊著，克堅轉身掃腿，把幾個人一次踢倒。仲哲看著克堅遠去，雖然自己並沒有真的睡著，但確實被克堅的音波影響而變得疲倦。

宗弦推起身體，身體卻感到疼痛。擁有了超能力，宗弦本來以為就能為所欲為，直到遇見有三種能力的克堅，才知道天外有天，自己又為何要去蹚這渾水。

勝延望著逼近的克堅，不禁口乾舌燥，死亡的恐懼如蛇攀爬全身，在掌控幫派之後，他從未遭遇如此危險的場面。

克堅將幫派小弟一一打倒，有的手下留情，今後應該還能繼續混幫派；有的在心頭蒙上陰影，未來要在可怕的黑暗中度過。而唯一不能留活口的，就是這個裝成地球人的外星垃圾。

超人的力氣和視覺，讓克堅難以阻擋，幸好他的頭部後方沒有長眼睛。

敦運悄悄地來到克堅身後，露出微笑。想不到克堅在勝延的皺紋裡看出高興，猜測後方有突襲，便提早轉過身，並且張口發出音波。

「跪下。」

「你開始頭暈。」

克堅瞪大眼睛，腦袋變得昏沉，跪下的敦運則往側邊趕緊逃開，以免克堅揮出重拳把自己打死。

「超能力也是講究天分，你不知道啊。」敦運在遠處大喊，他的音波強過克堅，可惜沒能直接控制克堅要他投降，或是放棄殺掉外星人之類的。

「我是無敵的。」克堅說完，彎曲的身體慢慢挺直，體內細胞也瞬間活化、新生。

但是，克堅沒有朝著敦運攻擊，而是往辦公室衝刺。

敦運想發出音波，但克堅的距離變得太遠。這時，旁邊連續數顆彈珠飛速轟炸，克堅身體強壯，但仍受到穿刺傷。如果克堅沒有宣告自己是無敵，現在就會倒在血泊之中。

「我沒瞄準好嗎？」仲哲捏住彈珠。

「你打中了，但他的身體……似乎突然變得強壯。」宗弦坐在地上，疼痛像是火在燃燒，他的眉頭是鬆開的，彷彿早已宣告投降。

「至少別讓鍾克堅離開這裡。」敦運回頭看仲哲和宗弦，自己卻同樣無能為力。辦公室的門碰一聲裂開，坐在電腦椅的勝延倒抽一口氣，他站起身子，像是做好了準備。勝延的超強眼力看出克堅的弱點，克堅也是如此。當克堅的手像刀一般揮向勝延的頸部時，勝延手裡的刀迅速竄出，刺向克堅。

喀啦。

刀刃無法前進太多，勝延的脖子就被打斷。

在勝延死去之前，他咒罵自己，本來他是拒絕殺生的純種變形人，剛才卻因為即將死亡，而想奪走克堅的命。他大可以把這推給身體正常的反應，但他心知肚明，自己已成為像地球人一樣暴力的存在。真不知是不是變形成地球人太久的緣故。

「一個老大竟然來當誘餌，真的是很沒面子啊。」克堅露出笑容，被勝延刺出的傷口，還有被彈珠擊中的地方都有些疼痛，不過沒有大礙。

畢竟我是無敵的。克堅不屑地往敦運等人看了一眼，接著用巨大的力量，直接把辦公室的牆壁打碎，然後離開凌亂不堪，又充滿血腥的倉庫。

7

慘烈的哀號在倉庫內迴盪，大水哥雖然幾年前就只剩一隻眼睛，但他看得很清楚，就算是見過許多大場面的人，也絕對像他一樣目瞪口呆。

不過，多數弟兄雖然身受重傷，卻都還有一口氣。

克堅只殺死一人，他們的老大林勝延。

「老大沒跟我說這會是神仙打架，然後變成這個樣子啊。」大水哥雙腳癱軟，但他並不是害怕，而是對世界上有這樣的超人感到驚喜，在忽然放鬆後，他坐倒在地。

「可惡啊……」敦運對於自己想出的計畫失敗感到懊惱，他抓亂頭髮，卻忽然看見仲哲的眼神怪異。

宗弦也睜大眼，說：「你的頭髮。」

「怎樣？」敦運輕輕一扯，一撮頭髮躺在掌心。

「這麼快……」仲哲咬牙，兩排牙齒的咬合巨力，簡直可以撕裂一隻老虎。

「到時真的變成那個變形人，好像也沒什麼不好，畢竟我們再變形回本來的樣子就好啦。」渾身刺痛的宗弦有個念頭，以後要是真成了變形人，他就要以上百種面孔，過著不問世事的生活，免得遇上鍾克堅這種瘋子。

「那個時候，我還會是我嗎？」敦運深呼吸：「不過鍾克堅選擇逃跑，大概是怕了。」

「應該是不想浪費力氣而已吧。」宗弦還是很悲觀地說：「三種能力集於一身實在是太強了。」

「沒事的，距離變成爍風那樣的光頭，應該還要一陣子。」仲哲拍拍敦運的肩膀，說：「解決鍾克堅之後，就別吃綠豆糕了，頂多是放棄能力。」

「我很好奇，你們似乎有著與那傢伙相同的力量，他到底是誰，而你們又……」大水哥剛才本想加入戰局，但場面太過混亂，他無從靠近克堅，所以現在還活蹦亂跳的。

「呃，這是少數人才會有的超能力，有點像電視說的特異功能吧。」敦運隨口胡謅。

「既然老大死了，大水哥，是不是要換你來帶領我們，我們一定要報仇。」一個還受到音波影響的小弟，仍覺得自己天不怕地不怕。旁邊則有幾人早已頭腦清醒，興起退出幫派的念頭，以後會一併帶著今日的恐怖記憶，過完餘生。

大水哥雖是一人之下，但沒有想要搶奪老大的位子，他表示會跟幾位組長討論，決定新的老大。

此時，在場一名三十幾歲的金髮男，雖然像大家一樣心有餘悸，但他想起另外一件事。

當年那個怎麼樣也殺不死的男孩。

男孩讀國中，本來經常被金髮男和兄弟們欺負，後來有天，男孩不知從哪生來的怪力，把金髮男他們打得落花流水。金髮男見識過男孩的實力，因此忍住衝動，請求當時的老大出動槍械，幾個兄弟們也有發誓，說那男孩真不是普通人。

結果，他們包圍男孩時，子彈四射，卻沒在男孩的身體開上半個洞。男孩身材看似普通，但肌肉裡的力量使他速度極快，快得有些兄弟被打中時，就像遇上了拳頭般大小的子彈。

金髮男幸運生還，可是無能為力的感覺，使他留下陰影。幸好男孩沒有再找上門，井水不犯河水是唯一一條生路。當時的老大在那次事件中死了，其他沒在現場的兄弟群情激憤，而當時還是組長的勝延站了出來，要大家不要衝動，並且聲稱那個男孩是碰不得的。勝延在幫派裡很受歡迎，大家聽他這麼說，猜測男孩應該後有靠山，便不再多問。

男孩叫做陳爍風，金髮男已經很久沒有想起這個名字了。

8

石頭火鍋很熱鬧，今天敦運不是端湯的服務生，而是跟好友來用餐的忠實顧客，在跟克堅打了一場超能力大戰之後，敦運邀請宗弦和仲哲來這填飽肚子。事先打了電話給老爸，老爸幫忙留了位子，還說今日他請客。

距離畢業典禮也過了好幾個月，敦運對老爸變得沒那麼討厭了，雖然老爸跟小女友還在一起。時間似乎會淡化一切，但自己對小安的想念，為何不減反增？

敦運的頭腦快要爆炸了，要是不想克堅的麻煩事，小安的笑臉就會浮現，接著是失落，然後沮喪的情緒就會接管，直到他暫時振作。

「欸敦運，你家火鍋太好吃了吧，大學時都沒找我來。」宗弦夾起幾片油花完美分配的雪花牛，用筷子一次塞進口中。

「你又沒來台北。」敦運擠出笑容，撈了幾匙麻辣湯。現在的他確實需要一點外在刺激，讓自己別想太多。

「有沒有考慮去高雄開分店啊？」宗弦持續享用鮮嫩爽口的牛肉，他似乎很快就把克堅的事拋在腦後。儘管事情根本還沒解決。

仲哲拿著黑色小碟，裡頭加了沙茶、香油，還有醬油等調味料，最後再灑了點青蔥，他將椅子抽出來，緩緩坐下。戰鬥結束後，他感覺像健身新手第一次投入太多重量訓練，肌肉開始劇烈痠痛，寸步難行，不知要休息多久才會恢復。

三人在火鍋店悠哉吃飯的同時，克堅則是繼續進行除掉外星人的行動，且他越來越興奮，在稍早的戰鬥中運用能力時，那無與倫比的快感簡直比做愛還要愉悅。以後沒了外星人，自己就會是地球人之中最強悍的男人。

高鐵飛快地南下，克堅殺死爍風之後，在火球糕點取得的變形人資料裡，看見了「善良實驗」的參與者，包含張敦運和徐仲哲。

有趣的是，徐仲哲的女友盧采琳，居住地址竟然跟變形人管理階層的南部經理相同。

9

「我早就說過，善良實驗走得太偏，會造成破壞。」

「可是現在打算殺死我們族人的，是鍾克堅不是嗎？」琳琳吞下小口飯菜，皺緊眉頭。她盯著父親嚴肅的神情，父親雙手互扣，手肘撐在木頭餐桌罵道：「真不該相信陳爍風的，當初他說要讓『善良實驗』更上一層，保證不會出事，結果把本來該是操作變因的鍾克堅，搞成了變形人殺手。」

母親坐在旁邊，一邊把清炒高麗菜夾進碗中，一邊等待該何時出面做和事佬。

「科學部門不是已經停止睡眠藥劑指令，決定讓仲哲先幫忙對抗鍾克堅嗎？」琳琳捏著筷子，腳底感受到白色瓷磚地板的冰涼，心裡卻很緊張，深怕有什麼改變影響了仲哲和自己的關係。

「不可控的因素太多了。負責監視他們的智銘，在今天計畫失敗後跟我討論拿回他們能力的事，鍾克堅就另外想辦法。」

「純種變形人除了利用其他人，能靠自己阻止鍾克堅嗎？」

「我們不殺人，但還有很多方法可以處理此事。」父親讓皮膚冒出綠色黏液，從地球人的樣子轉化成變形人：「妳的意思，好像純種是可恥的。」

一直以來，琳琳與父母在家都保持地球人的外表，現在的生活模式也早已與地球人無異。琳琳很適應，因為她本來就不愛原來的綠色臉；父親雖然漸漸習慣，但他對於自己的原貌仍有股依賴，每次談到重要的事情，總要變回這張怒目金剛似的臉。

「我只是在想，除了自己的利益，我們好像從來沒有去幫助地球人。」

「『同化計畫』就是對他們的施捨，讓他們變成更好的種族。」父親的綠色皮膚隨著臉頰擠出不屑，他轉動的視線停在琳琳眼尾。每次女兒一有負面情緒，右臉上的那顆淚痣就會稍稍往上，他的超強眼力讓他很容易就能發現。

然而他卻沒發現，女兒一點也不想當變形人，甚至不想跟變形人有任何瓜葛。

「妳的男朋友沒有能力以後，還是會讓他繼續被同化，到時妳跟他都是變形人，雖然他算雜種，但我也只好睜一隻眼閉一隻眼。」

「要是仲哲最後真的轉化，他就是變形人，而不是什麼雜種，你會說隔壁家的混血兒是雜種嗎？」琳琳想用力拍桌表達憤怒，但她把多餘的舉動去掉，試著跟父親開誠布公：「我只是覺得，你們隨意收回能力，到時造成反效果就不好了。」

「會有什麼不好，沒有能力的人，根本無法對我們造成威脅，鍾克堅就是因為有了能力，才會變得棘手。」這時，琳琳父親用餘光看見危險，但身體跟不上，他忽然伸手往前，想擋住老婆的臉，老婆卻早已向後倒下。

琳琳尖叫一聲，客廳的窗戶被子彈射破一個洞。

父親來到琳琳旁邊，壓著她蹲到餐桌後方，琳琳心跳加速，她望著倒在地上的母親，母親額頭的彈孔不斷冒出紅色鮮血。

一顆子彈再度飛來，將桌上的蔥花蛋射穿，瓷盤應聲碎裂。

管理階層本來就有安排隨扈，而父親知道鍾克堅隨時會跑來，所以他又增加了幾人，讓住家附近都有人手看顧，但現在他們通通死於槍下。畢竟他們都不是專業的，變形人對於這種衝突事件，實在沒有好的應對方法。

琳琳正想問父親該怎麼辦，父親就拉著她往客廳門口看去。

「我會看著他，等到我一喊，妳就馬上衝出去，找一個地方躲起來。」

「那你呢？」

「視情況而定。」父親瞇起眼睛。

「可是我要躲去哪？」琳琳身體發熱，顫抖地換腿蹲好，她閉上眼睛，淚水滑過淚痣。

「去妳男朋友那邊吧。」父親深呼吸，隨後抓起餐桌上的玻璃盤，朝著客廳窗戶丟去。

子彈再度射破窗戶，擦過琳琳父親的無名指。

玻璃盤上的糖果和鑰匙滑落在木餐桌上，鑰匙在桌面砸出了一道小痕。

「快跑。」父親望著玻璃盤用力撞擊在紗窗而彈開，高雄天氣太熱，家裡總是半開著窗，簾子也沒拉，導致現在屋內的人，成了對方輕鬆掌握的標靶。

但這也沒什麼好後悔的。父親竄出餐桌，想把琳琳擋住，這樣子彈只能打在自己身上。咻。經過克堅輕易的瞄準，子彈仍鑽入琳琳的右小腿，害她差點跌倒。幸好琳琳左腳跨出站穩，雙手拉住了玄關門把。

父親摔倒在地，下一顆子彈不偏不倚地射進他的心臟。他仍想替琳琳爭取時間，不過夠了，琳琳已經順利溜出家門。

倒在地上的琳琳父親，身為變形人的綠色外貌沒有改變，除了注意到克堅收起槍枝，打算離去，他的超強眼力也將克堅對外星人的鄙視盡收眼底。

雖然他毫無感覺。地球人對於變形人有何評價，都與他無關；他只後悔沒來得及將地球，變成一個讓族人自在生活的地方。

這樣女兒琳琳就能以原貌走在大街上。

雖然這從頭到尾，都不是琳琳的願望。

10

「我女朋友找我，我先趕搭高鐵回去。」仲哲本來還在嘗試冰淇淋的各種口味，剛吃到第二款，就接到琳琳只響一聲的電話。

「不是說好要去一下台北夜店。」宗弦將剩下的兩盤肉下入麻辣湯裡。

敦運愣住，看向宗弦：「有嗎？」

「我剛才有講。」

「你是說，聽說有家夜店很多好玩的吧。」

「對啊。」

「好啦好啦，反正我先回高雄，改天再找聯絡人討論，真想快點解決鍾克堅啊。」仲哲把湯匙輕輕靠在冰淇淋碗緣，將碗放下後，緩緩撐起痠痛的身體。

敦運揮揮手，接著將塑膠杯裡的可樂倒入口中，他深呼吸，把飲料的甜和肉片的油膩吞下，心裡忽然有個決定，等變形人的事情處理完畢，就跟小安把話說清楚吧。

唰。

急診室的綠色簾子被拉上，琳琳正在讓醫療人員確認傷口，看似普通的醫院，裡面包含醫師、護理師、志工一共二十個變形人。克堅不會想到，琳琳竟然敢在明亮的醫院出現。雖然變形人連血液都變得像地球人，但槍傷還是容易被問東問西，必須由變形人醫師來處理。

「幸好子彈穿過傷口，不過他竟然直接跑去你們家啊？」變形人醫師相貌堂堂，是院裡的熱門外科醫師，外表四十的他，實際年齡是六十一歲。

「他早就闖過私人醫療室，找上基因編輯師了。」

「最近太忙，沒有注意到這個消息。」看到琳琳的眼淚，醫師這才意識到大事不妙，琳琳父母的健康檢查都在這間醫院做，她的父親身為管理階層，也經常關心在此工作的變形人。醫師跟琳琳父親說是熟，但其實大概三個月才會見一次面。

醫師看慣了生死，克堅這次想做的卻是滅絕。

「我沒事。」琳琳用力眨眼睛，說：「縫合不會太痛吧。」

琳琳的失落，讓她決定把事情全部說出來，等一下仲哲到的時候就開口。

計程車停在醫院外，仲哲開了車門拔腿狂奔，在訊息裡琳琳只說自己受傷，但一直沒提發生什麼事，當他終於見到琳琳的時候，兩人都激動得快要落淚。

「我擔心死了。」仲哲看著琳琳的小腿，坐到她旁邊，他看著縫線，猜不出是什麼傷，因此得知是槍傷後無比驚訝。

「鍾克堅幹的。」

「嗯？」仲哲不確定有沒有聽錯。

「我是變形人，鍾克堅殺了我爸我媽。」

「妳在開玩笑吧，是敦運還是宗弦要妳惡作劇的嗎……」仲哲已經被渾身痠痛弄得有些煩悶，現在琳琳像是在他受傷的地方猛力加壓。

琳琳吞了口口水，簾子遮住了她和仲哲，此時她覺得自己像是關在小房間裡，打算向神父懺悔，當她讓手上皮膚冒出綠色黏液時，她完全不敢看仲哲的眼睛。仲哲的腳往後退了一步，琳琳好像聽見仲哲的驚嘆，她抬起頭要說話時，仲哲的轉身彷彿對她做了審判。

雖然不是沒有想過仲哲知道真相後的反應，但琳琳沒見過仲哲如此地驚恐和憤怒。

「徐仲哲。」

沒有回應，琳琳只能靜靜看著仲哲的背影，腿傷和心痛一起將她釘在原地。

11

「智銘哥，你有在聽嗎？」金髮男的頭髮蓬鬆，他晃晃腦袋，提高音量。

「當然。」身為聯絡人的智銘，本來還在思考什麼時候將敦運等人的能力收回，現在金髮男提出的計畫，或許還是得請掌握特殊能力的敦運他們幫忙。

算是給他們最後的機會，不然他們就等著變成普通的變形人。

智銘穿著黃黑條紋 POLO 衫，在幫派弟兄們的黑衣服裡，顯得有些格格不入，他轉過頭看了眼遠處的大水哥，大水哥跟幫派裡其他組長通過電話，老大暫時由大水哥代理，之後再詳細討論。

剛才智銘使用音波，讓大水哥暫時傾向聽取自己的建議，加上勝延老大與自己關係很好，大水哥變得更容易被催眠，因此，現在幫派老大的位置，算是被智銘占據。

「這計畫太棒了，交給你可以嗎？」智銘看向金髮男，金髮男挺起胸膛，大聲說好。

敦運和宗弦沒去夜店，他們都累了，宗弦搭客運到新竹，後天才要回去高雄的餐廳上班，而敦運來到了久久未回的老家。

雖然才幾個月沒見，老爸似乎多了幾根白頭髮。在吃石頭火鍋時，敦運注意到老爸匆忙的身影，總覺得應該去幫忙，不過這個念頭在老爸的小女友出現時就消失了。她看起來就像老闆娘，穿梭於店裡的服務生之間，像領班那樣監督員工並更加熱情地招待客人。

不過敦運回到家中，發現小女友尚未跟老爸同居，彷彿這個家仍跟以前一樣，還沒變成別人家。這間房子其實是媽買的，而老爸的唯一一棟房，是爺爺所留下，但老爸不太常去，為了照顧兒子，老爸跟媽都在這陪敦運長大。

老爸如果跟媽離婚，這間房子會還給她嗎？敦運不太清楚自己希望爸媽快樂地分開，還是勉強復合但不真心快樂。

反正這也不是他能決定。

舊電腦差點打不開，螢幕亮起以後，敦運點開瀏覽器上網，速度又卡又頓，這熟悉的感覺令敦運覺得無奈又好笑。

小安的頭髮又留長了，雖然還沒留到分手前的長度，敦運移動滑鼠，點按小安的大頭貼，回顧她從現在到以前的模樣。

其中一張，還是兩人當初在一起時，敦運替她照的。

此時新的動態出現，小安在社群網站分享一則貼文，上面寫著徵選資訊，要尋找畢業製作的動畫配音員。

敦運曾經問小安，想以怎樣的動畫來當畢業製作，當時小安就提過這個故事，關於一個笨拙男孩的愛情。徵選貼文底下已經有幾則留言，看起來是小安的同學，湊熱鬧地說要報名。文章發布者是小安那組的製片，因為是男生，讓敦運開始胡亂揣測對方與小安的關係。

閉上眼睛，深呼吸，敦運按下上一頁，點開社群網站上的外星人研究社團，克堅在發現真的外星人以後，好像就沒在社團出現。

敦運也不知道自己在找什麼，他起身躺下，深陷柔軟的床。

雖然能試著參加配音員徵選，來重新與小安打開話題，但現在變形人的事更重要一些。應該吧。

12

殺死琳琳的父母以後，克堅本來想盡快將琳琳處理掉，但她也不是什麼重要人物，因此克堅仍然專注於變形人的管理階層。

預計下午離開高雄，然後再往屏東、台東、花蓮、宜蘭，再來是基隆和雙北，一路環島，將在台灣的管理階層通通消滅，至少先讓女兒家瑜生活在安全的地方。

剩下的變形人就會像無頭蒼蠅，能夠輕易被擊破。

廢棄大樓的砂石被風吹起，克堅將三角飯糰塞進口中，拍拍黑色長褲，拿起地上的刀。高雄的隱蔽處空間寬敞，但要什麼沒什麼，克堅不太喜歡待在這，不過這裡距離另一位管理層的住家很近，很方便。

這三天勘查幾次以後，克堅決定下手。

雖然只要有人擋住克堅的去路，他都會加以排除，但是克堅仍然盡量以不傷害到地球人為優先考量。

這個變形人和一位鄰居產生情愫，很少有獨處的時候。

唯一的空檔，是鄰居去樓下買彩券之際。

這間舊公寓，大家都不在意進出的是誰，克堅隨意按了某戶的對講機按鈕，表示自己忘記帶磁扣，對方就幫忙將紅色大門打開。

鄰居玉湄去彩券行挑的遊戲，除了星期日，每天都會開獎，今天她特地帶著好幾組想好的幸運號碼，跑去找老闆劃記。將彩券收進外套口袋以後，玉湄興高采烈地爬著樓梯，還帶了碗珍珠豆花上樓，結果按門鈴卻沒有回應。

她翻出阿忠給的鑰匙，走進他家屋內卻是血跡斑斑，以及阿忠被刺殺身亡的景象。

原本在樓下遇到一個平頭男子，他還幫忙將倒下的機車扶起，每次玉湄看到有人做了點好事，總會心情很好，現在全被搞砸了。

午後陽光溫暖晴朗，克堅的步伐愈加輕快，他從容地走在火車站，搭上最近一班往潮州的火車。克堅坐在位子上，身體隨著列車行進而搖晃，隨後因為疲倦而闔上雙眼。

沒多久，手機鈴聲吵醒了克堅。

是妻子打的電話，克堅怕變形人會竊聽，但他仍把電話接通。

「你到底是在外面惹到誰？」妻子氣沖沖地說：「家瑜不見了啦。」

當年沒有處理掉陳爍風，是勝延老大的錯，所以老大現在死了。

金髮男抓住家瑜的頭髮，家瑜痛得感覺髮根快要離開頭頂，雖然她很怕變成光頭，但是她沒有哭，以前爸爸曾說，遇到壞事不要畏懼，所以在學校的時候，家瑜總是果決且充滿自信，認為一切事情都會迎刃而解。

「大水哥呢？」

「他在忙，你真厲害啊。」智銘笑得開懷，看著金髮男將家瑜拉住，站在面前，這讓變形人擁有了最大的籌碼。他拿起一旁的玻璃杯，酒香四溢，各種顏色的調酒擺在黑色大理石長桌上，難以抉擇。

「你們到底是誰啊？」家瑜還是想將手臂抽掉，但力氣不夠。

這間由幫派管理的酒店裡，大廳擠滿了還能打架的小弟，其他人都在養傷。

「我才要問你爸是什麼怪物咧。」金髮男的口臭從嘴裡散出，布滿血絲的雙眼瞪著家瑜。這幾天他不斷回想起，多年以前面對爍風時，心底浮現的恐懼。他幾乎無法入睡，從彰化開車過來，差點因為疲勞駕駛而發生車禍。

「打給敦運，叫他們過來。」智銘轉頭對旁邊的小弟說。

13

克堅的手機很快就收到一則簡訊，是變形人的邀請。

說要談談。

瀕臨失控的克堅，差點將手機捏爆，他搭反方向的火車回高雄，再轉乘最快的高鐵，於台北下車。

吵雜的車站讓克堅心煩，要是以前在軍中，他一聲怒吼就能讓大家閉嘴。

克堅踩著急促的腳步往外頭走去，顯眼的黃色計程車，是他眼下的唯一目標。

但是巨大的念頭將他淹沒。

把我女兒帶走，有什麼好談的？

咚，深綠色的沙發很柔軟，包覆著敦運緊繃的身軀。敦運這幾天都在台北，等待智銘給的消息，想不到倉庫大戰之後的第一個通知，竟是幫派小弟綁架了殺手的女兒。

「你不怕因此激怒鍾克堅，讓你們更快被消滅嗎？」敦運雙手抱胸，眼睛看向遠處站在平滑石頭牆角、被金髮男抓住的家瑜。

「那你們三個也遲早會被他找上，不如我們快點合力將他搞定。」智銘說得輕鬆。

站在一旁的宗弦發牢騷道：「才剛回去上班又要跟老闆請假，真的很麻煩，希望這次就把他解決掉。」

「解決……你要殺人啊？」敦運挑眉。

「沒有啦，是解決這個問題。」宗弦雙腿微微發抖，但他不斷深吸再吐氣，調整情緒。

仲哲坐在另一張沙發，心不在焉。從高中就認識的琳琳，竟然是另一個他無法想像的樣貌，光是那汨汨浮出的黏液在琳琳的皮膚上流動，就讓仲哲心神不寧。

「他來了以後，我們要做什麼？」敦運轉頭，看向酒店的旋轉門，門靜靜地持續運轉，隱約聽得見從外面溜進來的風聲。

「如果談判失敗，你們就出手吧。」智銘雙手放在膝蓋，散發出像是幫派老大般的氣魄。

「怎麼骯髒事都是我們做？」敦運說：「不過要再重申，我不是為了你們，只是不想讓街上都是你們的屍體。」

「喂，竟敢對智銘哥無禮！」旁邊的小弟跨步向前，指著敦運罵道。

智銘揮揮手讓小弟退下，他吞了口口水，保持警覺，因為他得隨時注意，以防敦運趁隙使用音波，將自己控制住，然後成為下一個把變形人搞得天翻地覆的傢伙。

大廳沒有酒店的服務人員，也沒有其他顧客。今日的酒店內，所有房間皆是空房，這是為了讓事情在此告一段落所做的清場。

金髮男手裡握著一把小刀，危險的氣息在家瑜的頸部移動，撲通撲通的心跳讓家瑜有點難受，她的體力消耗殆盡，覺得連生氣都提不起精神。敦運看著家瑜，心想要是家瑜受傷，表弟維哲肯定會很難過的。

「爸爸！」

當家瑜揚起嘴角，淚珠很快就滾落臉頰，她的聲音讓眾人的注意力更加收緊。

克堅穿越旋轉門，走入酒店大廳。

「家瑜，很快就會結束了。」克堅的視線看向金髮男和他手裡的刀。

金髮男渾身微微顫抖，雙耳塞著橘色耳塞，黃黃的耳垢在一旁震動。智銘說耳塞是為了阻擋克堅的聲音催眠，金髮男只怕不夠。

咚。克堅踏出一步，卻沒再繼續向前，他很想直衝過去了結金髮男的生命，但家瑜在對方手中，這一定會讓事情僵持不下。

智銘喝光剩下的金黃調酒，從沙發站起，將玻璃杯放回大理石長桌，朗聲道：「對於外星人，你好像有很多意見呢。」

「全是敗類。」克堅深呼吸，視線一轉，映入眼簾的是一個幫派小弟從身後拔出手槍，接著是一群人都將槍口指向他。

敦運驚訝地和仲哲、宗弦對望，隨即屏氣凝神，說：「你們和我想的一樣吧。」

「嗯。」宗弦攤手：「但是我只能看，就交給你們了。」

仲哲從口袋拿出彈珠，轉頭叫宗弦：「欸，還是要幫我瞄準一下。」

宗弦的眼皮在跳動，而仲哲舉起手以後，宗弦只花了三秒鐘瞄準。

家瑜虛弱的身體，讓克堅更加憤怒，也更加冷靜。

子彈四射，但克堅的腿力使他的速度有如火箭，他逃了開來，並舉起腰間的手槍瞄準了許多人，幾顆子彈輕而易舉地貫穿幫派小弟的眉心。

只是當克堅朝智銘開槍時，智銘早已有所準備。智銘的喉頭發出聲音，音波震碎子彈，他腿邊的玻璃杯也應聲裂開。

雖然智銘沒有親手使用暴力攻擊，但他下令對克堅掃射，還以克堅的女兒作為人質，實在惡劣至極。因此，敦運他們無法接受。

克堅轉頭看向家瑜。他本想用全身的所有力量瞬間來到金髮男面前，將他的脖子擰斷，並且保護唯一的女兒。不過一顆彈珠擊中了金髮男的耳朵，將他一部分的肉塊連同耳塞都削開。敦運的音波接著抵達，讓金髮男鬆開手中的刀。

這些事，克堅都看在眼裡。

他迅速來到家瑜旁邊，手一揮，打中金髮男的臉，也幾乎把他的頸椎打斷。幫派小弟們把槍轉向時，敦運大喊一聲，所有人頓時停下動作。

「你在幹嘛?!我們好不容易可以處理掉他。」智銘瞪著敦運，卻看見敦運兇惡的眼神。

「閉嘴，安靜看。」敦運雙手插腰，咳了幾聲，最近音波使用頻繁，造成聲帶有些疲勞。

家瑜緊抓著克堅，手心的汗水滲入克堅的袖子，讓克堅更加自責。克堅沒有輕舉妄動，他讓家瑜站在身後，而自己的肉身，則是保護心愛女兒的銅牆鐵壁。

然而，家瑜忽然抱住父親，將臉貼在父親的懷裡，哭著說道：「爸爸，我希望你不要再離開家了，不要離開我和媽媽。」

克堅望著家瑜顫動的臉頰，和晶瑩剔透且傷心的眼淚，心頭一酸。只是如果自己妥協了，讓變形人繼續待在這個星球，那恐怕會是更大的痛苦。

在這份掙扎中，克堅看向敦運，想看清敦運的內心。

「你催眠我女兒？」

「我只是跟她說，要對爸爸說心裡話。」敦運深呼吸，但願克堅就此放下，只是接下來的景象令他措手不及。

克堅發現敦運眼中的驚訝時，子彈已從背後鑽入心臟，槍聲嚇得家瑜花容失色。奄奄一息的金髮男手握著槍，耳朵流血，半張臉腫得讓口鼻都變形。克堅死了以後，大概可以稍微安心。這些有超能力的人物，一旦太無理取鬧，對整個社會都沒有好處。

家瑜嚎啕大哭，克堅的血很熱很熱，但家瑜還是抓住父親，看著他的眼睛。

「這身體果然不能擋下……死神射出的子彈……」克堅的視力逐漸模糊，不知是眼淚還是將死的緣故，就算擁有超強的眼力也沒轍，隨後他以僅剩的力氣，吐出最後的音波。

家瑜，要快樂地生活。

「爸爸，你醒一醒，爸爸，我們回家好不好。」

克堅的氣息消失，家瑜的眼淚流個不停，還沒死的幫派小弟們終於鬆了口氣，智銘也揚起微笑，鼓掌叫好。

「宗弦！」敦運大吼，靠在沙發上的宗弦，腹部一片鮮紅，子彈穿過的孔讓他就像座噴泉。

酒店大廳的沙發相當舒適，宗弦感覺自己越來越想睡覺。

「你怎麼沒拉著我去擋啊。」仲哲咬牙，剛才專注在用彈珠射掉金髮男的耳塞，完全沒注意克堅的幾發子彈，竟然有顆朝著自己和宗弦飛來。

「有時候我會覺得，超強眼力沒什麼用，雖然看到了一切，卻沒辦法做出什麼厲害的舉動。」宗弦額頭冒汗、渾身發抖，他沒說的是，身上這顆子彈的目標是仲哲，自己只是輕輕跨出一步，把肚皮當作給克堅的標靶。

「不要再說話了啦。」敦運忍住眼淚，轉頭大吼：「快叫救護車！」

智銘找了一個小弟，要他去請與幫派合作的醫師和救護員過來，看著敦運忙於拯救朋友，他仍擔心「同化計畫」會被敦運阻礙。

「你會活下去的。」仲哲蹲在沙發旁，伸手按壓宗弦的腹部想要止血，宗弦抱怨仲哲的力量太大會把他壓死，讓仲哲笑了。

「不過我還是很高興，可以看得這麼清楚。」疲累的宗弦氣若游絲：「雖然有時心裡會想，自己不值得有如此的幸運，去擁有這種能力。」

有這項能力，比玩遊戲中獎、連續抽中宿舍、心儀的女孩跑來跟自己說話，都還要幸運。

敦運站起身，從手指滴落到地面的是宗弦的血，他看著智銘，但是沒有發出音波，只是開口：「停止轉化地球人吧，沒人能強迫一個人改變。」

在場的小弟們沒人聽懂，智銘也沒有遮掩，笑著說：「那我們不再給你能力，你也不能強迫我們。」

「不用給我能力，我沒差，因為我不想變成你們那種樣子。」

既然敦運想要談判，那身為聯絡人的智銘也欣然接受，作為合適的溝通橋梁，與處理掉鍾克堅是同等重要。

不過，智銘早就想了很多條路，其中之一，是現在就讓小弟們殺死敦運和仲哲，但是自己說不定也會死在這。

另一條路，是個好提議。

「但是我有個讓你繼續擁有能力的邀請。」智銘說：「你一樣會變成我們，可你想想，前陣子到處伸張正義的你，懲罰了許多礙眼的人，他們只能遵循你的道德標準，在你的能力面前唯有臣服。隨著時間，世界會慢慢變成你想要的樣子，你能親手打造自己居住的天地。」

破裂的玻璃杯旁，智銘輕輕放了一塊綠豆糕，火球糕點的經典款。

「怎麼樣，這是多好的機會。」

咕嚕。敦運吞了口口水，感受喉間的能量，幾個月來發射音波的暢快感覺，充滿全身，使他有無限的熱情，想用音波來做點什麼。有時是為了社會，有時是為了自己。

不到一分鐘，下個吸引人的條件呈現在敦運面前。

酒店大廳後方的四部電梯裡，走出男男女女，共有十人，皆為變形而成。

裡面卻有熟悉的身影。

小安。

眼看小安慢慢走近，一個念頭忽然闖入敦運的腦袋。會不會一直以來，小安就是變形人，而外星人的實驗，從大二認識小安時就開始了。

「我的綽號叫什麼？」敦運發出聲音。

「咦？」小安搖頭：「不知道。」

敦運凝視著她，明白眼前的小安，並不是自己的前女友。

「你們可以隨時在一起，而且你的能力數一數二，我相信她會很願意陪在你身邊的。」

智銘拍拍假小安的肩膀，對著敦運笑。

只是敦運沒有想到，自己竟然會有想要答應的欲望。就算不是真的小安，至少長得一模一樣，那牽起她的手，親吻她的臉頰時，一定會有相差不遠的幸福。而且還能保有音波的能力，或許以後自己會變成某個傳說：一位有著魔力聲音的男子，在城市裡消滅邪惡。

「轟」的一聲，仲哲出現在十個變形人面前，智銘則是被他打飛出去，身體砸中了後方宴會廳門口旁邊的無辜牆面。

十個變形人嚇得僵在原地，仲哲的拳頭沾著智銘的血，咒罵：「你們隨意變形，擾亂別人生活卻洋洋得意，可不可恥。」

看見仲哲揮出的超強力拳頭，就算智銘是幫派有頭有臉的人物，小弟們也只好安靜地站在旁邊看，更何況剛才與克堅的戰鬥，已經耗費太多體力了。

此時，敦運有了決定。

經過思考之後，烏雲散去的清晰，彷彿在眉間發亮。

「我絕對不會變成你們，在音波消失之前，我會緊盯著你們的一舉一動，你們最好別想繼續進行『同化計畫』和『善良實驗』。」敦運的音波一字一句，震動著在場所有人的耳膜：「反正地球上的科學家，未來總會研究出激發能力的藥物，那我會自告奮勇去接受實驗，重新獲得超能力。」

所以，就算你們拿出再好的條件。

我也不會變成你們。

14

即將出院的宗弦，戰戰兢兢地坐在輪椅上，隱隱作痛的腹部讓他找不到舒服的姿勢。敦運推著他往無障礙坡道前進，並小聲地對他說：「需不需要用音波幫你止痛一下？」

「不用啦，我要靠自己恢復。」宗弦盯著敦運的眼睛：「你幹嘛注意坡道上的殘障標誌。」

「你的眼力還是這麼好啊，我隨意看看而已，別那麼敏感。」敦運拍拍宗弦的肩膀：「而且，應該叫無障礙比較好聽。」

輪椅的輪子發出刺耳聲響，宗弦的身體隨之晃動，像是在跳舞，這讓他想起高中時在熱舞社，為了期末成果發表不小心弄斷腿，也是在輪椅上坐了一段時間。

「仲哲呢？」

「跟教授開會，他應該下學期就可以完成論文。」敦運抓好輪椅把手，朝著停車場走。

落葉被風踩過，宗弦在沙沙的樹葉聲響中，忽然開口：「你會去小安的畢業展嗎？」

明明變形人的事已經落幕了，敦運還是沒有去找小安。

「下學期的事，還久吧。」

15

紅色方形桌上擺著吃完的空碗，仲哲盯著上面的油漬，手裡還拿著筷子。旁邊因為廟會表演而人聲鼎沸，卻沒有將仲哲喚醒，他沉浸在自己的思緒中，想念著外星人女友琳琳。「外星人女友」聽起來很特別，但是從一開始認識琳琳，她就是以地球人的模樣出現，這讓仲哲建立了一個自己的世界。所以當他知道琳琳是綠色的黏液人時，世界崩塌了。

儘管仲哲沒見過琳琳真正滿臉綠色的時候，而且大可請琳琳永遠保持現在的樣子。但仲哲還是跨不過心裡的坎。

最近論文即將完成，這幾個月來觀察網路上的社會性，他也有了許多想法。仲哲在論文裡提到人們為何拍影片上傳給大家看。

他的結論是：人們想要掩蓋自己的本來面目。

「明天除夕，你們家要去哪邊圍爐？」

「去吃到飽火鍋啊。」

「不是在家煮喔。」

「我奶奶廚藝超爛，哈哈。」

兩個高中生走過，仲哲終於放下筷子，站起來去結帳。去年除夕，雖然家裡感情普通，仲哲還是回家吃了飯，隔天他就跟琳琳一起出門，過年的百貨公司人潮更多，幸好他們有提早訂餐廳，後來還跑回高中母校，在附近吃了燒仙草。

原來一年又過去了。

生活乍看一成不變，但只要少一個人，落差就會很大。

仲哲嘴裡的甜辣醬被口水沖淡，他將羽絨外套的拉鍊拉滿，冷風仍然刺骨。對街有個熟悉的身影，使仲哲皺起眉頭，她的頭髮、衣服都沒有改變，琳琳的微笑再次觸動他的心，不過自己沒有宗弦的超強眼力，不確定是否看錯。

巨大力量已經從體內漸漸流逝，仲哲感覺得到。

至少，回憶還在。

16

大年初二，熱鬧的外婆家裡。

坐在餐桌上的敦運正在享用美味雞腿，坐旁邊的媽媽正在替大家盛飯。這本來是敦運的工作，但媽最近好像心情很好，也更樂於幫忙家人。

「對了，誠雅，上次妳說要去美國，是什麼時候啊？」外婆夾起高麗菜，放入口中。

「我今天去阿華家拿茶葉的時候，他爸說阿華也要去欸。」外公夾起一塊紅燒排骨，用剛換新的假牙咬下。

外婆驚訝地說：「咦，你們是一起去嗎？」

「就上次聊到，打算一起去旅遊幾天，還有以前的小妮也會去啊。」

敦運看向媽，她輕輕咀嚼著剛才落在餐桌的飯粒，嘴角好像在笑。

「謝謝姑姑。」維哲接過敦運媽裝好的飯，然後繞去敦運的旁邊，伸出筷子在各道菜之間遊走，把碗裝得幾乎滿出來，還被舅舅唸了一下。

「表哥，家瑜終於笑了。」

「哦。」敦運睜大眼睛。

「她本來一直說自己的爸爸死掉了，卻想不起來是怎麼死的，然後心情都不太好，最近我給她一塊綠豆糕，她覺得很好吃，看起來很高興。」

「原來如此。」敦運假裝大力點頭，但他知道，家瑜為什麼會忘記。當時在酒店大廳，家瑜抱著克堅的屍體，敦運走向前，用音波讓家瑜試著遺忘那場怵目驚心的悲劇。

「大過年的，別講什麼死。」外婆撈了點布滿青蔥的番茄炒蛋以後，看向安靜用餐的舅媽：「對了，初二妳怎麼沒有回娘家。」

「媽……」還沒吞下食物的舅舅皺眉，發出嘖嘖一聲。

「因為您就是我的娘啊，媽。」舅媽笑道。

敦運滿嘴都是雞腿的油膩，他抽起粗糙的衛生紙擦拭時，忽然想到剛才和維哲的對話。

「阿哲，你說你給家瑜吃綠豆糕。」敦運轉頭，看著坐在木製沙發上的維哲：「是什麼綠豆糕？」

「你上次給我的啊。」

「等等，你不是已經把綠豆糕吃掉了？」

「我有留一半。」

「這樣不會壞掉嗎？怎麼不自己吃完？」

「我有放冰箱，而且上面好像沒寫有效日期。」維哲不懂敦運提這個幹嘛，因為綠豆糕又沒有用。

「有啦，一定有日期啊，這樣家瑜可能會吃壞肚子欸。」敦運將衛生紙團捏緊，但他好像也只能放鬆心情。

「幸好她沒事。」

「沒事就好。」敦運也只能微笑。現在的他不再能發出音波，也不想管外星人的事情，光是好好生活、不去想念小安，就有點累人了。

17

《笨拙男孩》沒有拿到畢業展的最佳動畫片，不過小安還是很高興，因為有好多觀眾看完影片後都跑來給她稱讚。每個攤位由三個板子區隔而成，正中間的板子放著動畫海報，兩側則是放了許多劇照，其中一邊以繩子掛起幾張動畫的週邊貼紙，相當可愛。

現在時間，由小安和組員一起顧攤，介紹故事內容給還沒看過影片的觀眾，順便提醒他們週末有校外展可以前往觀賞。

「沛嫻導演，妳真的來了。」

「當然，我想看看妳的畢業作品。」沛嫻抬起頭，看著小安身後，色彩繽紛的海報，說：「我很喜歡男孩的天然呆，但是我更喜歡一直暗戀他的女孩。」

「我還怕大家會覺得男孩太像傻瓜。」小安鬆了口氣。在大三暑假實習結束後，小安就沒再跟動畫公司的人聯絡，更何況是其中一個案子的客戶。不過當初沛嫻邀請小安來電影特映會，讓小安對沛嫻更有好感，本來小安以為沛嫻不會回信，想不到沛嫻在電子郵件提到，會試著找拍片空檔前往小安的畢業展。

「有些舉動，確實還蠻笨拙的。」

「是很蠢吧。」小安用手指勾起鬢角，輕輕笑。

「這部片是關於妳的故事嗎？」

「不算是，雖然可能有加入自己的情緒，但劇情都是虛構的。」

「很有趣呢。」沛嫻拿起兩張小貼紙，分別是「暗戀女孩」與「笨拙男孩」的圖案，接著說：「有時候，把事情藏在心裡可能會後悔呢。」

沛嫻正在拍攝的作品，叫做《閃爍的風》，劇情是她前一部執導電影《吾兒》的延伸，故事表面上在寫兒子小時候總是不直接說出心裡話，實際上是沛嫻訴說著從前疏於照顧兒子的自責。

沛嫻想用電影跟大家說話。

只是看的人裡面，會不會有人懂呢？

又或者僅僅是抒發，對沛嫻來說就已經足夠釋放那久久未散的傷心。

沒多久，課後的人潮聚集，下一組的輪班也來到展區攤位，小安特地留晚一點，多向幾位學生、老師介紹作品。在人群中，宗弦緩緩走來。

「學長，你怎麼會來？」

「回來母校看看，順便逛你們的展覽啊。」宗弦的腳步雖然不太穩，但是已經不需要撐拐杖了。

「你的身體還好吧？聽到社團的人說你受傷。」小安皺眉，深怕宗弦忽然跌倒在地。

「幾個月前，我還只能黏在輪椅上呢。」

「沒事就好。」小安忽然愣住，接著開口：「那，敦運有來嗎？」

宗弦雖然不用戴眼鏡，但視力還是不像吃過綠豆糕那樣銳利，然而他仍舊看得出小安神情裡的失落。在熱舞社跳舞時，小安發現敦運送點心來的笑容，還令宗弦印象深刻。甚至當初，宗弦以為他們會長長久久。

「昨天我打過電話，問敦運要不要來。」宗弦搔搔頭說：「然後他……」

18

咕嘟咕嘟咕嘟，煮沸的石頭鍋裡，湯汁差點濺了出來，幸好一旁的母親趕緊替兒子轉小火，才阻止了這場災難。不遠處正在為客人送上肉盤的敦運，差點就要直衝過去。

「這是梅花豬，還有低脂牛。」敦運將鮮嫩肉品送上，獨自坐著的老饕一邊咀嚼，一邊讚嘆價格不貴還很好吃，真是難得。

「外送。」

「稍等一下。」敦運轉頭，眼神示意新人趕緊幫忙送餐。新人把紅茶從桶子倒進飲料機，再把空桶抱回廚房。

外送員戴著一頂黑色安全帽，明亮的手機螢幕提示著餐點已經做好，敦運則是在幾筆訂單中，尋找這位外送員的單。

「你們是已經做好很久了嗎？」

「啊，沒有，剛做好而已。」敦運迅速解釋，外送員跟店家當然都希望送上熱騰騰的食物，免得被顧客投訴。雖然有次外送員花了點時間運送，影響到食物的溫度，卻誣賴是敦運放太久才給，讓敦運有點陰影。又或許是顧客自己太晚下樓取餐，誰知道呢。

淺淺的笑容掛在臉上，敦運想到前幾天老爸講的話。餐旅系畢業的他跟老爸提起想改在廚房做事，但老爸說，敦運只欠缺外場的磨練，然後就能準備接店了。

「可是我們畢業後，其實就能自行創業了欸。」

「我的石頭火鍋不行啊，你再等一下啦。」

老爸口中的「等待」雖然不知道是多久，敦運想到還是有點雀躍。

「你們有第二胎啦，真的好快呢，那大的呢？」老爸的小女友將兩鍋湯放下，跟角落的夫妻閒聊。

「他在安親班。」丈夫將飲料移到旁邊，伸手開火。

「這樣我們才能偷偷約會呀。」妻子笑著把菜盤上的火鍋料放入湯裡，咕嘟咕嘟。

老爸的小女友，現在員工都稱呼她「老闆娘」，因此有時聽見這幾個字，敦運會心頭一緊，暗忖這間店到底會不會變成自己的，或是某天老爸會請他去找別的工作。

不過敦運發現，自己似乎不討厭老闆娘。沒什麼好討厭的。

「那妳什麼時候要生孩子啊？」妻子喜眉笑眼的。

老闆娘攤手說道：「唉呀，我年紀都多大了。」

敦運走進廚房，在這工作十年的老店員，熟練地將冷凍肉切片，新的切肉機刀片銳利，但在敦運眼中相當平凡，毫不危險。敦運對此無感，不是因為大學上課曾經接觸，而是半年多前與克堅的兩場充滿死亡氣息的戰鬥，仍歷歷在目。

敦運沖了沖手，拍拍牛仔褲，接著將切好的肉盤抬起，這時從後門走進來的老爸叫了他一聲。

「幹嘛？」

「沒事。」老爸露出詭異的笑容，滿頭大汗的他將掛在牆壁上的深綠色圍裙穿上。

敦運將店內頂級巨大肉盤送上桌，餘光注意到門口人影，抬起頭準備招呼客人時，整個人僵在原地，手裡還拿著剛收掉的魚漿器。

幾乎一年沒見的小安，帶著淺淺的微笑。

本來很擔心是可惡的外星人所變，但小安的聲音很快讓敦運認出，她就是自己成天想念的人。

「我的綽號是什麼？」敦運深呼吸，心跳撲通撲通。

小安輕輕皺眉，說：「你沒有綽號啊。」

「妳怎麼來了？」敦運壓抑著激動，試著放穩語調。

「你又不會自己來找我。」

「哪有，我……」敦運頓時覺得冷氣不夠，害他開始流汗：「我在找機會。」

小安向前走近敦運，敦運則跨步靠近牆面，讓出走道給客人。

「我想道歉，不過那應該是驗孕棒的問題，不是故意騙你。」小安說話有點小聲，但敦運聽得很清楚。

敦運感覺到不知從何而來的幸福，慢慢將自己包覆，光是看著小安，腦袋就一片空白。

接著小安又開口：「然後，我很想你。」

知道外星人的存在以後，敦運偶爾會想到，在廣大的宇宙裡，自己真的很渺小。

現在盈滿全身的幸福，卻彷彿能將宇宙塞滿。

又或者說，那份寬敞的幸福塞得下整個宇宙。

敦運想過，沒有小安的生活，其實沒什麼損失。對小安來說，沒有自己的生活也同樣如此。

「我不是什麼重要的人，可能也不會是妳的最愛，但我愛妳。」要是敦運還擁有音波能力，他會命令自己再誠懇一點，深怕小安會掉頭就走。

「你又哭啦。」

「為什麼說又？」敦運將眼淚擠碎。

「上一次是你舅舅的婚禮。」

「那次真的很感動耶。」

敦運忽然想起自己身處忙碌的火鍋店，所有客人都在看他們，要怎麼從這尷尬的場面恢復正常，他完全沒有頭緒。

「一位用餐。」小安大聲地說。

晚上敦運和小安走在四下無人的街道時，小安才講到，今天會來是因為受到宗弦的鼓勵，而且一開始她在火鍋店門口徘徊許久，還跟在尋找機車位的敦運爸對到眼，是敦運爸豎起大拇指，說敦運也在等她以後，小安才打算什麼都不想，直接進去找敦運。

「這樣會不會……有點像是別人幫妳做決定呀。」敦運靜靜地走在石磚地面，逐漸炎熱的天氣被微風吹散，蟬鳴則持續在四周合唱。

「哪會，這是我的選擇。」小安輕輕地抬腳跳舞，她的《笨拙男孩》裡最精彩的橋段，就是這段舞蹈。

「我還沒問，妳當初為什麼提分手。」敦運現在有了小安陪在身邊的踏實感，談感情的問題變得輕鬆。

「我只是賭氣，你一直在台北幫忙家裡的火鍋店，不常來找我。學妹跟火鍋，到底哪個重要？」小安故意瞪大眼睛，逗得敦運一直笑，然後頻頻道歉。

很難得，敦運今天被老爸提早打卡下班，讓他有更多時間可以跟小安相處。而且竟然還找到了，這個只有他們的地方。牽手，擁抱，親吻，敦運思考是不是該以這個步驟，來替一小時的愉快漫步收尾，然後回去室內。

「外星人搬來這個地方，不再離開，是因為習慣了，還是這裡真的很好？」

「怎麼突然提到外星人。」敦運愣住，用力吞口水。

「只是在想，要是地球不能住了，我們就會被迫離開。那會不會現在的人，其實是從前一顆星球移民過來的，或是路過旅行，卻對這裡的人事物產生了依賴。」

「兩者都有吧。」

其實敦運在音波消失以前，已經對一個變形人下了指令，讓他從變形人內部阻止「同化計畫」，就像當年爍風，他被將死的志廷以生命最後的音波催眠那樣。

只是不確定，效力會持續多久。

敦運在想，要是變形人以後不再進行「同化計畫」，那麼長久居住於地球的他們，反而才是被同化的對象。抓緊機會，敦運挑了挑眉，笑道：「那，妳對我有產生依賴嗎？」

小安揚起嘴角，說想去飲料店買喝的。敦運跟上她的髮香，提醒自己別像個變態，要正常點，不要把交往想成是終身大事，還有做愛記得戴保險套。

前幾天，小安在網路上看到一些文章，說著外星人可能入侵，還有科學超能力之類的事，那些天馬行空的想像很引人入勝，卻讓人覺得有些遙遠。

不過，現實生活中有一種超能力，是隨時都能施展的。

那名為「愛」的超能力。

釀奇幻84　PG3037

超能之愛

作　　者　潘尚均
責任編輯　劉芮瑜
圖文排版　黃莉珊
封面設計　王嵩賀

出版策劃　釀出版
製作發行　秀威資訊科技股份有限公司
114 台北市內湖區瑞光路76巷65號1樓
電話：+886-2-2796-3638　傳真：+886-2-2796-1377
服務信箱：service@showwe.com.tw
http://www.showwe.com.tw
郵政劃撥　19563868　戶名：秀威資訊科技股份有限公司
展售門市　國家書店【松江門市】
104 台北市中山區松江路209號1樓
電話：+886-2-2518-0207　傳真：+886-2-2518-0778
網路訂購　秀威網路書店：https://store.showwe.tw
國家網路書店：https://www.govbooks.com.tw
法律顧問　毛國樑　律師
總 經 銷　聯合發行股份有限公司
231新北市新店區寶橋路235巷6弄6號4F
電話：+886-2-2917-8022　傳真：+886-2-2915-6275

出版日期　2025年2月　BOD一版
定　　價　300元

讀者回函卡

Printed in Taiwan

國家圖書館出版品預行編目

超能之愛 / 潘尚均作. -- 一版. -- 臺北市 :
釀出版, 2025.02
面 ; 公分. -- (釀奇幻 ; 84)
BOD版
ISBN 978-626-412-052-4(平裝)

863.57 113020304